李燕燕 ◎ 著

师范生

山西出版传媒集团　北岳文艺出版社

· 太原 ·

图书在版编目（CIP）数据

师范生 / 李燕燕著. -- 太原：北岳文艺出版社，
2025．2． -- ISBN 978-7-5378-7055-9

Ⅰ．I25

中国国家版本馆 CIP 数据核字第 2025Z10H17 号

师范生
SHIFANSHENG

李燕燕◎著

//

选题策划
左树涛

责任编辑
左树涛

装帧设计
FAJUN WONDERLAND
QQ:2821598445

封面插图
土　豆

印装监制
郭　勇

出版发行：山西出版传媒集团・北岳文艺出版社

地址：山西省太原市并州南路 57 号　邮编：030012

电话：0351-5628696（发行部）　0351-5628688（总编室）

传真：0351-5628680

印刷装订：山西人民印刷有限责任公司

成品尺寸：140 mm×210 mm

字数：172 千

印张：8.25

版次：2025 年 2 月第 1 版

印次：2025 年 2 月山西第 1 次印刷

书号：ISBN 978-7-5378-7055-9

定价：52.00 元

目　录

序章　杨大萍与杨小萍 …………………………………… 001

第一章　幸运者 …………………………………… 029

第二章　中师印记 …………………………………… 065

第三章　跳不出的"农门" …………………………………… 099

第四章　最后的中师生 …………………………………… 137

第五章　再度兴起的"师范热" …………………………………… 163

第六章　你为什么大学选"师范"？
　　　　——以师范类"汉语言文学"为例 ………… 175

第七章　师范大学生的时代"关键词" ……………… 201

第八章　碰　撞 …………………………………… 221

尾声：我终于懂得了你的选择 ………………………… 243

创作谈 …………………………………… 253

序章　杨大萍与杨小萍 ｜

一 光荣的中师生

听妹妹说有"作家"要来拜访她，杨大萍早一天便做起了准备。

她从旧了的柜子抽屉里，翻找出 1991 年考取川西某中等师范学校的录取通知书、毕业证、毕业合影，以及那个颁发于 20 世纪 90 年代中期，壳面微微破损的教师资格证——这是国家第一批发放的教师资格证书。自打 1998 年结婚时置下这个柜子，杨大萍便把这些重要物件统一放进一个大信封里，又拿一个铁皮糖果盒装好，再搁进柜子里。她是一个"75后"，这番收藏东西的手法倒颇像上了年纪的人，妹妹杨小萍喜欢笑话她，她却说："你是半道就跑了，我们这些一直当老师的就是做事严谨，这是职业习惯。"二十多年来，杨大萍搬了三次家，但这个一人多高的浅黄色小衣柜一直跟着她。眼见如今屋里的家具都是深色，杨大萍卧室靠墙的那一方浅黄色便显得不大协调，丈夫、女儿都说干脆把这个旧柜子卖掉，另外置个新的,但这样的提议遭到杨大萍的拒绝。她很念旧。

第二天受访,杨大萍把那一大堆资料证书摊在我面前,自豪地说:"那个时候能考上中师的,就和今天考上'985''211'一样,很不容易。"我点点头。在拜访杨大萍之前,我已经从各种渠道知晓多年前中师生(中等师范学校学生的简称)的光辉岁月。何况,只比她小四岁的我也还保留着一些儿时记忆:当年老厂筒子楼里的小孩考上了位于省城郊区的中等师范学校,一层楼的人好几天都分享着邻居家的喜悦——大家都得到了他们馈赠的水果、糖和瓜子。这样的阵仗,堪比谁家出了一个响当当的大学生。

中师(中等师范学校的简称),算得上是中国近现代教育史上浓墨重彩的一笔,若要追溯起来,19世纪末就有了。1896年,盛宣怀在上海创办了南洋公学,其中的师范院是我国最早的师范教育机构。此后,师范教育蓬勃兴起。毛泽东、蔡和森、任弼时等都与中师有渊源,他们都曾在湖南省立第一师范学校(现已升为本科院校)学习或工作。长沙师范学校培养出田汉、许光达,宁乡速成师范学校走出了谢觉哉、徐特立等知名校友。若要论起来,湖南绝对是当年的中师重镇。

中华人民共和国成立后,曾建立初级师范、中等师范、师范专科和师范学院四级师范体系,20世纪50年代中期取消了初级师范,形成了三级师范体系。1980年,教育部颁发《关于办好中等师范教育的意见》,中等师范教育获得前所未有的发展,几乎全国各省的每个地区都有一所中师。从1983

年到 1999 年，特别是普及九年制义务教育后，为了缓解农村小学师资不足的问题，我国开始专门从初中毕业生中进行中等师范招生，学生毕业后统一分配到城乡小学任教。1988 年，全国中师便达到一千零六十五所。十六年间，全国近四百万学习成绩优异的初中毕业生成为中等师范学校学生，他们的入学年龄普遍在十四到十五岁，经过三到四年的专业学习，十七到十九岁毕业就被分配到各个小学任教，只有极少部分会进入高一级学校继续深造。在社会上，他们被称作"中师生"。虽然流向不一，但大部分流入我国乡村的中小学，成为中国基础教育的基石。

杨大萍的家族里，中师生很多。据说，她的祖父中华人民共和国成立前从省城的师范学校毕业又留校，教书先生的十年薪水积攒起来，竟也给乡下的家人置了几亩薄田，修了一座院子。可惜杨大萍两岁时祖父就已经去世，那座大院子有好几户人家居住，看不出原先的样子。杨大萍没有老院子的照片，跟我说话时，便朝我比画着那座院子的大小，说："嗨，放在今天，院坝中间足够修一个大游泳池……"杨大萍的表哥是 1984 年入学的中师生，毕业后在镇里的中心校教小学数学，属于"国家干部"，领着工资，但表嫂在村里务农，他们的家安在村里。周末或节假日回到乡下，表哥和其他普通村民一样，挽起裤脚忙活在地里。插秧时节，稻田里忙碌的一众庄稼汉低头干活，瞧不见面目，按说很难分辨谁是谁，但别人还是很快认出了表哥——他穿着一件显眼的红色汗衫，留心点儿，还能看到背后印有几个黄色的字。汗衫是表哥在县里的授课比赛中获得的奖品之一，背后那几个字是"争当人民好教师"。

"哎，徐老师！"路人立时热情招呼，"辛苦呀，下午您要回学校的话，我叫屋头老二来田里帮忙！"表哥连连摆手。虽然拒绝了，村人的热情却在他那晒得黝黑的脸膛上催开了一朵向阳花。

"嗨，老百姓那里，教书先生就是受尊敬。别看也一样弓着腰干农活，可你在人家眼里，周身上下就是有一道光环。"杨大萍说。

杨大萍还记得，那时有外村的学生家长找表哥，在村口一报出表哥的名字，就有人大声应道："哦，您要找的是中心校的徐老师吧，他家就在前面那片竹林旁。一直走，末了右拐。"表嫂生孩子，十里八乡都有往家里送鸡蛋的。

当老师好，老师受人尊敬。这是杨大萍自表哥那里得到的直观印象。这种尊敬与名利关系不大，发自人们质朴的内心。至于祖父教书置产的说法，杨大萍并未从同为教书先生的表哥那里得到印证。听说，表哥带着老婆孩子进到城里会缩手缩脚，比如，中午看到饭馆里五元一份的红烧蹄髈就咋舌，然后不顾孩子哭闹，一家三口到旁边的小店吃面条米线。在生活上，表哥比一般村民强的是有一份国家发的工资，算个国家干部。是的，不宽裕，但起码不会看天吃饭，旱涝保收。

和表哥一样，杨大萍收到中等师范学校录取通知书的时候，全村人都向她表达了最热烈的祝贺。村支书带着一众人敲锣打鼓到她家送喜报,晚上又托人请来县里的电影放映队在坝子里放了一场电影。杨大萍说:"好像是一部国产武侠片,叫《游侠黑蝴蝶》。"

在我的印象里,农村里这样的热闹劲儿,一般出现在村里出现一个大学生以后。"不不不,"杨大萍朝我连连摆手,说,"你不知道,我们那会考大学非常非常不容易,纯粹就是凤毛麟角,一个县顶多能出一两个大学生。村子里考出一个中师生,就已是全村人的骄傲,大家都要庆贺。"

在杨大萍的记忆里,那群满脸稚气却早早知道生活艰难的初中生,一方面积极响应国家号召,另一方面也想早日得到一份稳定的工作,减轻家里的经济负担。成为一名中师生,荣耀的一个重要方面,是考上中师就代表自己吃上了公家饭。表哥如此,杨大萍也是如此。在农村,杨大萍的家里很困难。她十三岁时父亲因病去世,母亲靠种地拉扯着她和妹妹。家里没有男丁撑腰,她们在乡里活得小心翼翼,也幸亏与表哥一家走得近,才免于很多低声下气。杨大萍告诉我,在那个升学率极低的年代,考上中等师范学校的学生个个都非常优秀。一旦考上中等师范学校,便可以上城市户口,毕业分配工作,纳入干部编制。对农村孩子来说,短短三年时间,一口气完成"面朝黄土背朝天"到"吃公家饭"的转变,这种鲤鱼跃龙门的机会,比之难于上青天的考大学,显然更加现实。所以,杨大萍从来没有想过考大学。从母亲排除万难让她读完小学又继续念初中开始,她一门心思就是努力考取中师。

1991年的春天,十五岁的杨大萍为"预考"做着准备。

2019 年的春天，当在重点中学念高三的女儿为一次次"诊断考试"痛苦抱怨的时候，杨大萍告诉女儿，自己虽然未曾上过大学，但也经历过如此这般备考的煎熬。从 20 世纪 80 年代中期开始，无论是地市还是不知名的小县城，各学校初三的年级前二十名几乎都报考了中等专科学校。其中的中等师范学校因为教书育人的特殊属性，还有着更严格的要求。资料表明，20 世纪 80 年代末 90 年代初，在四川，一个大一点的县城如果有上万名考生，那么能被中师录取的大约就是"前五十名"。确如杨大萍所言，三十多年前，要考上中等师范学校，其难度不亚于考取今天的"985""211"大学。杨大萍所经历的预考，是当年考取中师所要经过的一个必要关口，在预考中名列前茅的才有资格继续向中师"冲击"。如果不能通过预考，又要继续求学，那就只剩下读普通高中的路。大型国企开办的"技校"或"职高"在 20 世纪 90 年代中期才开始发展壮大。这样的情形，跟如今初中毕业"五五分流"大趋势之下，考取"普高"如打硬仗一般的情形截然相反。

"当年，中专文凭完全可以说是处在所有学历鄙视链的顶端的。"杨大萍说。

预考通过，杨大萍和几个同学到县城参加考试。那是她第一次到县城，过去她最多也就能在赶场天跟着母亲到镇上去卖点儿农副产品，县城什么样，只在表哥和几个发达的亲戚那里听说过。虽然和绝大多数川西小城一样，县城只有一条主街和由此生发出的几条巷子。楼房在陆续建设中，街面上最常见的还是穿斗式结构的老房，潮气笼罩着这条步行约莫半小时就能走完的主街。县里鼎鼎大名的实验小学紧邻着县委、县政府，在大街旁很显眼，大门颇有气势，从外可以窥见里面的宽阔敞亮。考场设在远一点儿的县中学里。赴考的时候，杨大萍看到了人们口中的这所重点小学。"我要是考上中师，将来分到这里教书该多好！"杨大萍憧憬着。等到考试结束，她心里的一块大石头落了地，再次路过时她驻足停留了两分钟。1991 年 9 月，她正式成为一名中师生。

杨大萍和她的同学——这些品学兼优的初中生，考入中师后，为了适应小学教育，被要求全面发展，体育、舞蹈、音乐、绘画、三笔字（钢笔、粉笔、毛笔）、普通话、教育学、儿童心理学等都有所涉及。多才多艺也成为中师生的一大特点。毕业后的中师生，接受了国家的分配，无论留在县城还是回到乡村，都很快适应了自己的岗位。杨大萍先是被分配到一个偏远的乡里教小学，因为屡次在赛课中夺冠，二十一岁便如愿调到县里的实验小学做班主任，几年后又被引进到地级市的重点小学。虽然杨大萍后来也通过自学考试拿到了本科文凭，可她认为自己的核心身份还是中师生。

过去的数年间，杨大萍曾经无数次在各种场合作为教师的先进典型发言，但她觉得，反复修改后的发言稿并没有真实表达自己的情感。那份敬业与责任心，来自一个农村女子好不容易捧到铁饭碗之后发自内心的珍惜，以及对与她一样曾在艰难生活中挣扎的学生的将心比心。上班后的第一个月，杨大萍拿着二百二十五块钱的工资，干了三件事：带着腿痛数年的母亲到地级市的中心医院看病，给妹妹买了一件她几年来一直心心念念的牛仔裙，替两个顿顿都吃咸菜、馒头的学生买了一些食堂饭票——至少让他们能吃上几顿荤菜。直到二十五岁结婚，杨大萍都几乎没有存款。

这个跟我一个学校教书，教美术；那个在县里教书；这个在市教委当领导；那个呀，在文联工作呢，你看，她人那么高挑漂亮，性格好，中师学的是美术，舞也跳得好……这个男生是我们班长，毕业时分配到城关镇教小学。城关镇紧挨县城，算条件很好的。他在那里工作了六年，年纪轻轻当了副校长，2001年辞职下海了。旁边那个男生跟他一起出去的。杨大萍拿着略微有些发黄的中师毕业照向我介绍她的同学。

——到大城市当领导的，咱们来往自然就少了，毕竟久而久之不在一个圈层。就像我的一个学长，读书的时候连续三年的"三笔字"冠军，一直是学校的一块金字招牌。后来从政，一路顺达，2005年高升去了省城。他忙啦，同学有事去找他也老是找不到，关系渐渐就淡了。前两年得了一场大病，从领导岗位上早早病退下来。他爱人时不时打电话给我们，让我们有空就到家里玩，说是平日里就见钟点工在家里晃来晃去，娃儿也只有周末能陪他们，特别想念老同学。

——那两个辞职下海的男同学，他们的辞职既在我们意料之外，又在情理之中。考进中师的人，对"比上不足比下有余"早有认识，很少有人耐不住寂寞，虽然，相隔不到三十公里的地级市在建的一套二十多层的电梯商品房，县里的教书匠大半辈子不吃不喝也未必买得起。那个辞职的城关镇小学副校长，有一对双生子，可惜孩子们在出生三个月后双双被查出患有先天性心脏畸形，此后便是县城到北京的漫漫求医路，还有如流水般的医药费。要治好这样复杂的病，十年间前前后后需要三次大手术，小学老师那有限的收入远远不能支撑这笔巨额花费。2001 年，外贸生意正蓬勃兴起，他的亲戚中刚好有人在沿海有路子。他辞职下海的那天，在县里工作的同学聚在一起给他开欢送会，我也专门从市里赶回去给他送行。那天，他喝醉了，手里举着一棵从野地里扯的蒲公英，一吹，那些伞状绒毛飘荡着散落席间，他大喊着："将来我们不管落在哪里，我们的根子是不会变的，我们永远是光荣的中师生！"有人大声唱起了水木年华的《一生有你》："多少人曾爱慕你年轻时的容颜，可知谁愿承受岁月无情的变迁，多少人曾在你生命中来了又还，可知一生有你我都陪在你身边……"有人在一旁悄悄地抹眼泪，也有人在感伤的氛围里突然说要跟他一起闯荡。对了，就是旁边这个男生。他在一个镇中心校教书，老婆去了广东两年，再也没有回来过。这两个男生从做外贸开始，发展到做连锁酒店，生意很大。他们为人仗义，听见哪个同学有难，立马解囊相助。

"我们大多数人安安心心做了一辈子教书匠。我教过的学生，国外的哈佛、麻省理工学院、剑桥大学，国内的清华、北大，一抓一把。20 世纪八九十年代的中国基础教育，中师生绝对算得上是顶梁柱。"末了，杨大萍说。

二　转　折

时代的转折在悄然发生。

1992 年，国家鼓励年轻学子考大学，原本千军万马闯的那座窄窄的独木桥，渐渐加宽。教育政策的细微改变，牵一发而动全身。也是从这一年开始，考中专、考中师的难度骤然下降。那一年，杨大萍就读的地区中师涌入了资质不一的初中生。这些少年，有的是杨大萍初中时的学弟学妹，甚至包括让班主任伤透脑筋的"问题学生"。杨大萍考进中师的第二年，村子里一下子考出四个中专生、中师生，村支书都有些蒙了，说："孩子们一下子都这么能干了？那是统一祝贺还是一家家祝贺？"一旁的妇女主任拉过村支书，悄悄说："我听说隔壁村有一个女娃儿考上了省城的大学。"

杨大萍的妹妹杨小萍是 1996 年考上的中师。那时，地区中师招收的初中生，已经有很多属于"中等生"。杨小萍与姐姐不同，即使在最艰难的时候，她都在母亲和姐姐的全力庇护下成长。所以，与年少老成的姐姐相比，杨小萍开朗活泼、无忧无虑。就像杨大萍买衣服都要买大一个码子的，后面身高体重变了都有余地，而杨小萍则仅仅考虑怎样才能更合身。所以，当杨大萍用第一个月的工资给妹妹买牛仔裙的时候，原准备买 170 的码子，因为妹妹刚刚进入青春期，还要继续长；但杨小萍坚决不干，她要最合身的 165，穿上刚刚合适，不长不短、不大不小。杨大萍初中时门门功课拔尖儿，那时如果考"普高"，一定能考上地级市最好的高中。杨小萍朗诵、舞蹈、唱歌样样能干，偏偏数理化拉后腿。杨小萍初中快毕业时，同学们最好的选择已经是考重点高中继而考大学了。但杨小萍的成绩顶多也就能考到一般的高中，比如县一中这样的，未来考大学基本是奢望，与其白白浪费三年时间，还不如读完书先找一份工作稳定下来。所以，杨小萍也成了一个中师生。

命运却给了中师生杨小萍一个难得的机会。1999 年夏天，大学开始扩招，一直担任中师学生会主席的杨小萍被保送到省城师范大学汉语言文学教育专业。实际上，这样的机会也不是凭空掉下来的。为了全年级仅有的一个保送名额，杨小萍从中师第二年便开始准备了。这不仅包括专业课，还包括如何与校领导、班主任，以及与身边的同学相处。

杨小萍告诉杨大萍："到了最关键的时候，不能有一个人说你一句坏话。这样才能在保送中拔得头筹。"杨大萍很佩服妹妹的志向。杨大萍读中师的时候，几乎没有保送高等师范院校的机会，所有人一门心思想的是学好本领教小学。但杨大萍也听说，往后师范毕业不会再包分配了。对这个说法，她当时半信半疑。

1999 年，国务院批转的教育部《面向 21 世纪教育振兴行动计划》提出：到 2010 年，具备条件的地区要力争使小学和初中教师的学历分别提升到专科和本科层次。在 1999 年的《关于师范院校布局结构调整的几点意见》中，教育部就师范教育的体系改革做出部署：积极推进三级师范向二级师范的过渡和布局调整，形成以师范院校为主体，其他高等学校共同参与的具有开放性的教师教育体系。兴盛了一个时代的中师，就在看似平常的一年悄无声息地转型了。拿着一沓上级文件，某中等师范学校的校长哀叹道："以前为小学教育服务的中师，没有生存的政策依据了。"是的，持续了很多年的情况是，幼儿园教师多是幼师毕业，小学教师标配是中师毕业，初中教师多为师专毕业，高中教师则多是师大本科毕业。从 1999 年开始，这样的情况被迅速改变。

在杨小萍的印象里，她踏进大学校门不久，就听说中文系好几个优秀的本科应届毕业生留在省城教小学，并且她们是自己前去应聘的。这所省属师范大学，近两年特别强调双向选择，今后也不给毕业生分配工作了。四年后，杨小萍排着队，在院系设立的用人单位招聘摊位上投简历，向表情严肃的招聘方做着简短的自我介绍。宽敞的大学露天运动场里到处都是这样的摊位，看起来就像一个由买方和卖方根据不同需求建成立起来的市场。2003 年春夏之交，针对本科生的校园招聘方兴未艾。

在这所老牌省属师范大学，杨小萍等人被称为中师保送生，在师范专业，每个班几乎都有那么一两个。

他们进校时就带着普通话二级证书。在我国，师范类大学毕业生须在学期期末考试中通过学校开设的教育学和教育心理学的考试，普通话等级必须达到二级乙等（中文专业为二级甲等）以上，方可在毕业时领取教师资格证。

　　他们几乎都曾是学生会或团委干部,所以从大学新生军训开始,中师保送生就是从一件件小事积累成绩的学生骨干和年级辅导员的得力助手。毕业之际,在挑剔的用人单位面前,中师保送生最大的优势就是学生干部的身份。中师保送生最大的劣势在于英语。要求学生全面发展,但培养前景"接地气"的中师,外语常常被忽略,许多中师生的外语水平仅仅停留在初中阶段,单词似曾相识,发音带着乡土气息。英语四级是中师保送生最难逾越的一个关卡。鉴于中师保送生的外语水平,师范大学睁只眼闭只眼地网开一面:英语四级考五十五分就可以拿毕业证和学位证。2002年初夏,刚刚结束学生会周例会的杨小萍得知这个好消息,甚至激动得跳起来。但"五十五分"仅能保证顺利毕业,如果要留校、考研甚至保研,还是必须有一本绿皮烫金字的英语四级证书。杨小萍没有继续深造的打算,她最大的心愿是留在省城,哪怕和姐姐杨大萍一般教小学也成。杨大萍说,为了杨小萍给省城几个名不见经传的小学投简历的事,当年姐妹俩没少掰扯。

　　杨大萍说,以前是中师生教小学,大学生教中学,个别优秀的本科生还留校做大学老师,你怎么就这个志向?杨小萍告诉姐姐,此一时彼一时,这几年扩招了,大学生越来越多,一般师范院校的本科生在省城早已不具备很强的竞争力。再者,她喜欢省城,千方百计也要留在省城。其实,杨大萍也早就听说中小学教师的文凭提高了,不光小学有本科生在教,大专学历的初中教师也越来越少。虽然知道形势不由人,但理想和志向终归得有。从一众中师生里拼杀到大学,杨小萍骨子里要强，她明白自己是个师范专业本科生，教中学当然是上乘之选，但要实现这个目标确实太难。她曾经接到一所中学的面试通知——这是唯一一所没有要求英语四级的中学，面试时居然要测试"文言文翻译"。在学校，之乎者也，"古代汉语"和"古代文学"就是杨小萍的痛点，好不容易才没有挂科。结果可想而知。2003 年 9 月，杨小萍进了省城的一所老牌知名小学，做了一名小学语文老师。

2005 年，在招聘的学历没有突破的情况下，在江浙等一些省份，重点中学对招聘的学生来源有了更严苛的规定，如必须是北师大、华东师大等教育部直属师范类大学的本科生，至于本省的师范大学，往往只有综合素质名列前茅的个别学生才符合基本要求。

"有一天，我突然发现，我所在的地级市重点小学，也不断有大学生进来教书。这给了我一种很强的危机感，虽然我在当地教育界也算得上年轻一代的名师。于是，而立之年的我开始奔波在提高文凭的路上。"杨大萍说。

这是四川省某地区中等师范学校在时代转折后的挣扎搏击。对这所前前后后有半个世纪办学历史的老牌师范学校而言，能否"升师专"甚至直接关系到生死存亡。

2012 年，教师资格考试逐步开始实行全国统一考试，教育工作者，都要求具备大专以上学历。这所师范学校尚属中等职业学校，颁发的是中专文凭，没有开办全日制大专的资格。

　　为了培养符合要求的小学老师、幼儿园老师，该师范学校不得不将毕业证挂靠到其他有资质的学校。为此，学校一方面与全国不同省份的几所高等师范院校联合开办学前教育专业的五年制高职；另一方面，在省教育厅的部署下，培养五年制大专层次的农村小学老师和幼儿园老师。但无论是哪种形式，学校都只能将学历挂靠到高等院校名下，每年与省教育厅、各个合作高校进行商讨衔接，争取招生名额，"自己的命运掌握在别人手上"，学校发展非常被动。

　　这所中等师范学校的境遇是全国中师转型的一个缩影。

　　也有人注意到，一番改革后各种大专院校如雨后春笋般破土而出，而中西部省份的某些片区连一所真正意义上的中等师范学校都没了。现实是很多县脱贫攻坚任务重，中师有利于贫困学子就近读书深造并能惠及条件艰苦的乡村小学。

　　自 21 世纪初以来，一大批中等师范学校停办、合并、转型、升格。在中国的许多省份，身处省城的大多数中师升格为大专或本科，地市的多并入当地高校；县市一级的则因为资源无法整合，各自为政，只能自寻出路。有的办起了初高中，甚至小学，由原来的师范教育转为基础教育。有的则转型为中等职业教育学校。全国中师数量锐减，2001 年只有五百七十所，2008 年更缩减至一百九十二所。在政策因素的导向下，中师最终一点点退出历史舞台。

　　比如，在湖南三十三所中师里，湖南第一师范学院、衡阳师范学院、桃源师范学校、长沙师范学院等一批知名师范都是百年名校。在高等教育资源稀缺的年代，这些学校一度被视为当地文人聚集、领风气之先的最高学府。改革后，湖南省原有的三十三所中师仅保留了十所左右。

也有许多转型中的幸运儿。还是在四川，伴随着合并潮，各地级市的师范专科学校纷纷改制合并，有的升成师范学院，有的去掉了"师范"二字，有的甚至升级成了名副其实的大学。比如，成都师范高等专科学校位于温江，2003 年与四川工业学院一起合并组建成为西华大学，2008 年又吸收四川经济管理学院，由此构成了现在的西华大学。

三　来自"二十周年"同学聚会的信息

我能在那个紧邻省城的繁华地级市采访到杨大萍，都得益于杨小萍的牵线搭桥。我最先认识的是杨小萍。头脑活络、善协调的杨小萍，已经任职于省城某区委宣传部，分管文艺工作。第一次见面时我告诉她，我是 1998 级的师范生，也是汉语言文学教育专业本科。于是三言两语，我俩便熟悉了。一段时间后，她邀请我参加一个谋划已久的同学聚会。

2021 年 9 月 11 日，是一个周六，上午 9 点，杨小萍和几个热心的同学在省城西郊的一家酒楼里忙上忙下，亲自布置会场。还有三个小时，汉语言文学教育专业 1999 级同学聚会就要开始了。局部的疫情反反复复，说来就来，7 月底 8 月初筹备这场聚会时还遭遇了零星发作。付酒楼订金时，杨小萍心里还很忐忑，直到前一天晚上一切平安无虞，她的心才渐渐放下。

　　杨小萍告诉我，这是一个延宕两年的聚会。

　　2019 年 9 月，他们就在计划二十周年的相聚，但呼应者并不多。这与十年前那场同学聚会得到热烈响应的情形大不相同，杨小萍归结为毕业后长时间里心态的微妙变化。2015年，他们建了一个年级微信群，参加过 2009 年那场十周年聚会的一百四十三个同学入了群。此后，同学们的工作生活状态在群里便部分可见。有人率先评上了"高级教师"或是评上了区级以上"优秀教师"，群里下起了一阵红包雨；有人担任了省城某重点小学校领导，群里一片赞和鲜花；有人弃教从商，开了公司，在群里赠送某高级化妆品的电子优惠卡，群里接龙般的"谢谢"；有人为家里孩子的治病费用求助，群里火速捐款……也有五六个人悄无声息地退了群。原定于 2019年的那场二十年聚会，只有不到六十个同学报名参加，最终只能作罢。但这之后的两年，每个人原本隐藏的艰辛和情非得已，在一场突发并暂时未见终结的疫情中被显露和放大。一个有相同经历的群体渐渐能够彼此共情，里面的每个人紧密联系，抱团取暖，所以，年级群里自诉冷暖甘苦的多了，愿意在恰当时机相聚的人也多了。

　　据说，这次延宕的"二十周年"聚会，除去在省外工作以及周末临时有急事的，有将近一百个同学参加。也就是说，在这个酒楼，他们包下了整整一层十桌。

　　上午 10 点半，断断续续有人来了。我见到了与杨小萍同为中师保送生的刘慧兰，当年她来自另外一个地区的中师。刘慧兰是大学里的学习榜样，她不仅在大二时过了英语四级，甚至大四还过了英语六级——这在他们学校的师范专业中是屈指可数的。杨小萍打趣，这个刘慧兰呀，硬是杠上了英语，连在饭堂里打菜，都想着每一道菜翻译成英语该怎么念，嘴里念念叨叨，旁人都像看怪物一样看她呢！

大学四年，刘慧兰每个考试科目都是"优秀"。因为担任班干部，她积极参加学校各类活动，每一年的综合素质排名也在年级前三。刘慧兰毕业后被保送研究生，专业是"教材教法"，现在留校任教。刘慧兰跟我聊她带的那群师范生，一直在反复强调，"他们比我们脑子更灵活、更能干"，"他们不容易"。

刘慧兰提到了自己的一个学生，随时随地带着一台超薄型笔记本电脑，每天都是早早到教室，一坐下就打开电脑忙活。老师上课时一个不留神没盯住他，他就埋头码字。后来大家才知道，这小子已经是某知名平台的签约作家，一部三百万字的网络小说在平台上连载且极受欢迎，还以五十多万的价格卖出了影视版权。这个学生脑子聪明，别看平时都在码字搞副业，每个学期临考试前，找来讲课的 PPT 和课堂笔记，几天狂轰滥炸的温书复习之后，居然大多数科目都是"优秀"。还有一个学生，仪容和普通话都极好，疫情之前，课余时间都忙着做礼仪和婚庆主持人，据说，从大一下学期开始，就没有再要过家里一分钱。

在刘慧兰看来，现在的师范生学习的主动性更强。在她的大学时代，除了理科类师范专业的同学，文科类——汉语言文学、历史、政治等等，这些师范生更多的时间在无忧无虑的闲暇中度过。而她正带的学生，都多多少少有一些"技能焦虑"，他们奔忙在课外学习的路上，专业软件学习、摄影、工艺设计、创意写作小课堂等等。疫情三年造成的校园封闭，使得这些五花八门的技能培训班在学校里如雨后春笋般冒出，执教者也可能是学生——某些专业学生社团的骨干。

从一个师范生到师范生培养者，在刘慧兰眼里，当下有一个不易觉察的变化——在中小学，过去都是单科教学，而当下和未来的教学，会出现越来越多的跨学科教学要求。刘慧兰所在的师范大学，师范生培养方案里也在有意增加跨学科课程设计能力的培养。所以，学生们现实中的奔忙，与尚在务虚的方案倒是不谋而合。

"忙着多学一点儿，以后找工作的选择多一些，不当老师，还可以干点儿别的呀！"吴峰岚打断了刘慧兰对自己学生滔滔不绝地赞许。

从 2021 年 8 月起，便很少见吴峰岚在年级群里发言，过去他可是一个活跃分子。

吴峰岚当年是年级里的学生会干部，家住省城，毕业后进了一所重点中学教初中。但他在那里只待了短短三年就主动辞职，此后辗转干了好几份工作，最后跟一个小学退休高级教师一起开了一个培训班，主要是学科类培训，包括奥数、作文辅导、作业托管等等。最红火的时候，他的培训班扩大到二十个，聘了十二个应届师范大学生，甚至与几所赫赫有名的重点中学的学生搭上了关系，帮着他们通过奥数考试，进而成为选拔"小升初"的尖子生。在年级群里，他一直热情似火，谁在群里宣布一件好事，他第一个点赞发红包，并且动不动就是人均五元的"大包"。他一直跟那些在学校或在教委工作的同学保持着密切联系。

2021年7月，那场"特大地震"的到来令人猝不及防。上半年，先是一浪高过一浪的"民转公"大潮，各知名的私立学校"转公"时间表赫然出现在各大媒体。要知道，近五年来，全国一、二线大城市知名重点中学的初中相当一部分都是"公参民"性质。孩子要读这样的私立学校，那得先挤破脑袋才花得了钱。从省城的情况看，从一所好小学考进一所好初中，再从好初中通过中考上一所国家级示范高中，是一条必然的升学进阶之路。这样一来，义务教育阶段的小学加初中至少要花费二十万，这笔钱数目比较大。但在国人的传统观念里，孩子为大，再多的投入只要用到孩子身上，家长也不会皱眉。吴峰岚认定，无论是否"民转公"，只要还有升学考试，就影响不了他的培训事业，所以他没有关注这一波浪潮。6月底，有传言说从现在开始到未来几年，"小升初"只剩下"划片入读"和"摇号"两种形式。看到友人一副煞有介事的样子，吴峰岚暗想，重点中学的生源就是命脉，"掐尖"是他们永远不会放弃的手段，只要有"掐尖"存在，选拔考试就不可或缺。当然，这样的选拔考试是明是暗不可知，但只要有考试，就有培训的存在。"山雨欲来风满楼"，7月初，教育部放风，宣布对校外培训机构进行整顿，说"将深化这些机构的治理工作，并将学生从校外教育机构解放出来"。2021年7月24日，中共中央办公厅、国务院办公厅印发了

《关于进一步减轻义务教育阶段学生作业负担和校外培训负担的意见》（简称"双减"），明确规定，"学科类培训机构一律不得上市融资，严禁资本化运作"，"各地不再审批新的面向义务教育阶段学生的学科类校外培训机构，现有学科类培训机构统一登记为非营利性机构"。那天，有朋友把这条链接推送给吴峰岚时，他正和合伙人谋划着如何在另一个区扩大培训学校的规模。待点开链接，匆匆读着，吴峰岚的神色由淡然到惊惶再到黯然。读罢，他搁下手机，朝着对面正摘下老花镜看向自己的合伙人低声抛下一句话："我们糟了。"

国家重拳出击，在应试教育及各类资本支撑下兴盛一时的课外教育培训机构迅速落幕，与此相关的各种信息在 2021 年的夏天屡屡出现在各个平台：某大型培训机构一次裁掉上百名应届生；在线教育雪崩，藏在家长群里的水军消失了……对吴峰岚来说，最直观的是，他的培训机构最受追捧的"暑期班"在"双减"落地后首次遇冷，对外开放的近三百个暑期学位在 8 月 1 日前只卖出了一百一十五个，与过去三年场场爆满的情形，形成了强烈对比。

吴峰岚的困境还在延续，上周有人建议他做艺术类培训，因为国家并没有限制这个，但他对转型并没有把握。他也听说，新政之下，许多重点中学的初中也在酝酿秘密"掐尖"。奥数培训必不可少，知情的家长心急如焚，所以也有培训机构对外宣传及报备时称自己是艺术培训，私下悄悄做学科培训。但吴峰岚不愿偷偷摸摸，因为一旦被举报，将面临不可承担的后果。

"我很快就考虑解散员工了，可惜那些正规师范大学毕业的年轻人，又得出去重新找工作。"吴峰岚说。就在几天前，一个平时看上去怯生生的女孩子，专门找到吴峰岚，告诉他自己可以吃苦可以加班，也可以一个人扛下两个人的活儿，希望机构能留下她。

"双减"落地后，已经教了十二年小学、当了七年班主任的王锦感觉肩上的担子更沉了，因为《教育部办公厅关于推广部分地方义务教育课后服务有关创新举措和典型经验的通知》也在 6 月应时而至。通知中，教育部明确了推动课后服务全覆盖、保证课后服务时间、提高课后服务质量、强化课后服务保障等四点要求。王锦任教的小学直接规定，学生下午 4 点下课后不离开学校，继续进行自习或课外活动，一直到下午 5 点半才正式放学。这让王锦的工作生活更有了战场上的"硝烟气"。

王锦本是个"生活派"，从少年时，就喜欢"生活多点儿阳光"。她高中就读于一所省重点中学的文科班，学习成绩平平，高考结束后填报师范大学，也是本人的意愿。那时，师范生在校期间的福利待遇已经与计划经济时代大不一样。原先，大中专院校的师范生由国家包学费、包住宿费，每月发放生活补贴，毕业后包分配、有铁饭碗和干部身份，受尽了周围同学和家长的羡慕。1997 年起，全国大部分省市都实行招生并轨改革。2000 年，全国基本实现新旧制度的转轨，不再实行国家任务计划（公费生）和调节性计划（含委托培养和自费生）的计划形式，师范生缴费（自费）上学，即 1997 年之后的中师生、专科生和本科生一般来说都是"自费生",并且毕业后需要自己找工作。王锦选师范大学,最初图的是当老师有寒暑假,加起来一年有三个多月都在休假,爽啦!相对的,王锦的大学时代也很轻松,那时的省属师范大学严进宽出,最痛苦的高三过去了,王锦一进大学校园就喘了几大口粗气,然后用好奇的眼光打量周围的一切。王锦嫌学生会、团委太刻板,学校有将近二十个学生社团,气氛活泼,甚合她心意,于是一口气报了四个社团,包括文学社、朗诵社、舞蹈协会、吉他社。中文系的课程轻松,常常大半天时间都空着,有的同学选择坐图书馆,有的同学做兼职,王锦活跃在社团活动中。

朗诵社的社长是化学系的学长,按理,这将来应该是个中学课堂上严肃得有点儿令人生畏的理科老师。但学长一身清新文艺范儿,梳着当时最流行的微卷中分头,着一身入时的浅灰色套装,倒有点儿像电视台文艺栏目的主持人。可惜化学系主管学生工作的党总支副书记并不喜欢他,那个下巴上留一撮小胡子的男人管学长叫"职业革命家"。在师范大学各个院系,都不乏这样一门心思从事"社会工作"的学生,他们的"工作业绩"有多辉煌,学习成绩就有多惨,尤其是在稍不留神就会挂科的理科专业。据说,这位学长挂了三科,通过补考勉强拿了毕业证,后来去了一家地级市电视台。

王锦虽说专心社团工作,倒也没落下多少功课。大三的时候,她在社团里谈了一个体育系的男朋友,于是毕业后的婚姻家庭又成了她新的憧憬。虽然王锦一直自认为"没追求",

但在外人看来，如今的王锦是个非常优秀的小学语文老师。她多次在省城的赛课活动中获得一等奖，是学校里的"优秀班主任"；除了专业好，吹拉弹唱也无所不精。孩子都很喜欢她，家长也非常信任她。

"其实现在的小学教育是多元化的，相比于应试教育，素质教育对老师提出了更高更复杂的要求。"王锦说。

现在的工作情况，与她当初刚刚入职时的想法相去甚远，整天忙得像打仗——早上7点站在校门口等着学生进校，按小学生的心理特点备课授课，在群里与家长交流，私下与个别家长联系或家访，批改作业，每天忙到深夜。除此，王锦还是两个孩子的母亲，"双减"后被占用的一个半小时，以前恰好是王锦忙里偷闲给孩子们准备晚饭的时间。这样一来，王锦必须利用中午的休息时间准备晚饭，午休也没了。

"既然当初选择了教师这个职业，面对不断变化的时代和形势，我们就不要去抱怨、不要去叫苦，要去努力适应并尽量做得更好。"王锦说。

"人过中年，得好好保重身体，身体才是革命的本钱。"徐一晖告诉王锦，自己半年前因为突发的心肌梗死差点儿没缓过气。

徐一晖是高三毕业班的班主任，在这个年级微信群，大约有三分之一的同学教高中。徐一晖执教的学校，是大家通常所说的"二类重点"，刚刚才获批的"国家级示范高中"。徐一晖除了带一个班，还教高三的三个班的语文课。一个月前，因为同事突然请病假，他一整天足足上了七节课。晚自习结束，他突然觉得心慌气短，额头直冒冷汗，眼前一黑倒在地上，被120送到医院抢救，心血管里植入两个支架。出了这样的大事，徐一晖也才休息了一个星期，就赶紧回到讲台上，"学生们耽误不起啊，还有三个月就要参加高考！"此后，徐一晖找了一套养生操，见缝插针地锻炼身体。

杨小萍记得，徐一晖是在大四上学期实习结束后，才开始崭露头角的。在"教材教法"课及频繁开展的试讲活动中，与徐一晖一起突然耀眼起来的，还有一位专升本的女孩子——她一直不在年级群里。

从大一到大三，徐一晖默默无闻，除了上图书馆，平时几乎不参加学校活动。他的专业成绩很好，几乎所有科目都在八十五分以上，连让所有中文系学生都恐惧的"现代汉语""训诂学""美学"都无一例外。由于他埋头学习从不参加社会活动，所以"附加分"几乎为零，一个学期的综合测评下来，只能居中游。因此，这个戴副黑边眼镜、寡言少语的男生也就很少引人关注。直到大四上学期末的一次公开试讲，徐一晖从容上台，微笑着说"同学们，现在开始上课"，转身唰唰唰，黑板上就现出四个漂亮的粉笔字"荷塘月色"。那是2002年下半年，PPT等新媒体教学辅助方式还未进入课堂，教师的板书就顶重要。徐一晖一边声情并茂地进行课程导入和设疑，一边在黑板上写着学习本课应抓住的几个关键词，短短的四十五分钟，所有人都跟着他融入了教学现场。

最后一个试讲的，就是那个专升本的女孩子，她讲《背影》。她的普通话极标准，很善于在场景细节叙述中引导学生抓住重要知识点，感情充沛、感染力强。客观地讲，她甚至比徐一晖还强一些。课堂上浑身散发光芒的她，与平常的她很不一样。她是大三时才到杨小萍班上的，之前在某师专就读。在这所省属师范大学，专升本的学生，几乎每个院系都有十来个，他们中途进来，与周围同学不大熟络。专升本起点低，这个女孩子总是谦卑地笑着，听人说话，很少发表自己的意见。如果有人问起她的打算，她说："能留在省城教个普通的小学就不错了，我这样的情况还能奢望更多吗？"有同学不喜欢她，觉得她太假，但更多人对她的态度表示理解：毕竟专升本嘛，不自信。然而这一堂课试讲下来，她一直刻意隐藏的愿望，在三尺讲台上举手投足的自信中完全表现出来。

那天上午的试讲，从早上 8 点开始，到中午 12 点多结束，安排了四个学生试讲，每个人结束后还有十分钟的带教老师评议。不用说，徐一晖的评议结果是非常优秀。当天，还有省城顶级中学的人来听课。据说，这所省属师范大学为帮助应届毕业生尽快找到合适的工作，会在大四频繁安排这样暗藏玄机的试讲。

徐一晖通过试讲得到了一次重要的面试机会，表现更好的专升本的女孩因为初始学历错失良机。徐一晖最终在来自全国各地五十多个优秀师范生参与的面试中落败，退而求其次进了那所"二类重点"。专升本的女孩凭着实力默默等待再一次的一鸣惊人，最终进了省城的另一所顶级中学。但这些年她的发展情况，同学们并不清楚。她从不和大家主动联系，有人只在省城开会时见过她。

教中学辛苦，教重点中学更辛苦，教顶级重点中学不可想象。在那所省属师范大学，放眼全校 1999 级师范专业的学生，如今甚至不乏副厅级领导和资产雄厚的私营企业家，但顶级重点中学的教师却寥寥无几。

中午 12 点，参加年级聚会的同学基本到齐了，一番寒暄后，便分桌而坐，一时间觥筹交错，热闹非凡。杨小萍代表组织者频频举杯，同学们欢笑呼应。我的访谈到这里也就只能暂时中断了。作为被邀请的外来客，规规矩矩坐在席间，倒也又听到了大家讲的许多有趣的故事。

事后，杨小萍觉得这次相聚大家还是有些拘谨，放不开：有好事的不肯拿出来分享喜悦，上愁的也不愿麻烦大家。这样的情形，与 2009 年"十周年"聚会的情形大不相同。那时，同学们意气风发，每个人都端着酒杯讲述自己的得意之事；醉了，便抱在一起大喊大叫，引人注目。现在，大家似乎都在努力控制自己的情绪。

"此一时，彼一时，毕竟大家已经人到中年。再说，他们大部分人已经当了二十年老师，老师日常的举止言行，不知不觉已经深深刻进了骨子里。"我对杨小萍说。

……

第一章　幸运者 |

一　两碗醪糟荷包蛋

6 月的一个傍晚，刘丽荣急匆匆地走在崎岖的山道上。她背着一个大竹篓，篓子底下挤着厚厚的书本，上头压着碎花被面的铺盖卷，再用一根粗草绳从下往上紧紧扎稳。她的手里提着一个网兜，里头是蓝色的搪瓷脸盆和一副碗筷。

刘丽荣刚刚经历了十五年以来最重要也是难度最大的一场考试。这场考试，甚至决定着她的命运。

从乡里一路走来，已经差不多快一个钟头了，再翻过一座山丘，就到家了。这一路上，她的脑子里一直回想着那几道题，甚至忽略了路边一连串的七八个坟包。母亲告诫过她，要快点儿从那里过去，因为几个被枪毙的地主恶霸就埋在那里，弄不好会撞鬼。据说，邻村的傻伯倒退二十多年也是个聪明孩子，读书也读的。可偏偏有天傍晚起浓雾，他回家时瞧不清道儿，一脚踩在坟沿上，不多时雾散去了，前面出现一个蹦蹦跳跳的红衣小孩。傻伯觉得好奇，便大着胆子跟上去，眼看走到靠近溪边的跳墩桥，那红衣小孩忽地不见了。傻伯又惊又怕，回家就发起了高烧。整整烧了七天，他醒来后脑子就不灵光了，说话颠三倒四，只能下地干点粗活。母亲说，那个鬼就是吸取小孩子灵气的，一定要小心。

刘丽荣不迷信，可是荒地里见到这些坟，也会发怵。但此刻她脑子里一直思考着，甚至还停下想了一会儿。这几道题答对了吗？为什么那个十五分的大题，自己的答案和其他几个考生的答案不一样，谁才是对的？这么想着，她又往前走了几步，然后跨过一条水渠，突然感觉踩上了一团软绵绵的东西。她尖叫一声，挪开脚发现是一只圆滚滚的蛤蟆，呱地叫了一声跳进沟里。抬眼，看见王家大嫂背着一大捆猪草迎面走来。

"女子，学校放假啦？"王家大嫂问。

"哦，刚考完。"刘丽荣说。

王大嫂突然想起了什么，大声笑着说："想起来了，你初中毕业了吧？厉害呀，女子初中读毕业就不简单了，往后两年就学着能干些，嫁个好男娃。女人家一辈子就这个要紧，你看我……"

刘丽荣不想再和王大嫂唠叨，于是说："妈妈在家等我吃饭。"说完，便自顾自地快步走开。

少女刘丽荣颇有心气，最不愿意过的就是王大嫂那样的生活：小学只读到二年级便辍学了，认的字很有限，如今读书读报都困难；十六岁就嫁了人，现在二十出头已经拖着三个娃娃。因为文化程度低，哪怕县里乡里的农技员再三上门教技术，王大嫂养的长毛兔下的崽总是活不了几个，养的黑猪也不长膘。王大嫂压根儿理解不了拿白灰写在院墙上的"实现四个现代化"，还有这几年与农民愈走愈近的农业科技。刘丽荣不仅自己不愿像王大嫂一般，也不希望其他年轻的女孩像王大嫂那样。

刘丽荣是 1983 年考上师范学校的，甚至比杨大萍的表哥还要早一年入学。也是从那一年开始，中等师范学校开始专门从初中毕业生里招生。此前几年，中等师范学校录取的大部分都是高中毕业生——不仅仅大专院校，中专、中师都是高考后可以填报的志愿。

刘丽荣的家在贵州中部某县的大山里，方圆三里没有村邻，梯田里千篇一律种着土豆玉米，田边随便栽点儿胡豆苗或豌豆苗。这里的村民，主食是杂粮和土豆，鸡蛋是奢侈品，只有过生日或过节才能吃到。

刘丽荣的小学和初中一年级都是在邻村读的。这种带有部分初中年级的村小，后来我在受访者张远伦那里知道了一种名称，叫"戴帽小学"。每天清晨 5 点，刘丽荣便斜挎着一个绿色的军用挎包出门上学。这个挎包来自她复员回乡的哥哥，包很大，装着很多东西，一支铅笔、一支笔帽坏掉的旧钢笔、课本、作业本，还有装了二两杂粮和一个土豆的铝饭盒。大多数时候，她还会随手带根半米多长的棍子。天还没亮，月亮悬在空中，山谷里雾气蒙蒙，这时常有野狗、山猫出没，棍子可以防身。当了村干部的哥哥这两年在三十里地外带人修水库，难得回家。如果哥哥在家的话，他就会亲自护送妹妹出门，小小的刘丽荣只需要乖乖跟在哥哥身后就行。走过一大段山路，眼前出现了一座水塘，刘丽荣停下来擦擦额头的汗，喘了口气，再爬过一座山丘，就到了。

　　刘丽荣到了学校的第一件事，是把饭盒赶紧拿到食堂。两个大蒸笼里，密密麻麻地放着学生们的各式饭盒。这会儿，厨房的灶膛还不见火星，一位大姐正坐在狭窄的后院里劈柴。等到中午 12 点，蒸笼里的饭都熟了，飘出饭菜的阵阵香气。对刘丽荣来说，杂粮饭自带可口的米香，哪怕不要配菜都能全吃下去。但班主任，一位中华人民共和国成立前就在县立小学教书的老先生，让老妻专门拿了子姜、豇豆、萝卜等泡在老坛里，每天都带上一瓶到教室，给那些没带菜的学生下饭。班主任带给学生们吃的泡菜，是刘丽荣至今吃过的最好吃的，酸酸辣辣，一根泡红辣椒，能下一碗饭。若干年后，她在山里教书，得空就做腌萝卜条或者咸鱼，给午饭很简单的山里孩子加个菜。

　　搁好饭盒，刘丽荣匆忙跑进教室，早读已经开始。初夏的清晨，在四周蛙鸣的衬托下，农家学子的读书声显得越发洪亮。

　　学习的一天很快过去，做完最后一道数学题，刘丽荣收拾东西回家。到家已经过了晚上 7 点，吃过母亲拿来的两个烤红薯和一小碗菜汤，她又点亮煤油灯写起了作文。在煤油灯下做作业要快，时间长了，鼻子里会有一大股煤烟味。

　　这盏煤油灯是父亲自做的，上端有一个小开关可以扭动，控制用油及火苗大小。刘丽荣时不时拧一拧那个小机关，把椭圆形的火苗调得又细又长，亮度比方才弱了一些。若是父母或哥哥看见，会一边责备她不顾眼睛，一边把灯扭得更亮。煤油灯是 20 世纪 70 年代广大农村和小乡镇的家家户户的生活必需品。那时的煤油大概是五毛钱一斤，并不算太贵。

"那个年代，我们根本不知道未来会怎样。父母最朴素的愿望只是期待我们读书识字，在以后的生活中多一些便利。"刘丽荣说。

初二开始，刘丽荣在乡里念初中，从此开始住校。虽说课业加重，但每天不用在路上来回折腾，反倒轻松许多。也是从这时开始，她频繁地听到任课老师鼓励学生："好好读书，以后考个大学，那可光宗耀祖呢！不说大学，考个中师或者中专也不错，读出来就是个正儿八经的'国家干部'！"那两年，十里八乡也有那么两三个高中生考上了中师，但他们走得很远，到另一个地区去念书。刘丽荣原本想着好好念书考上高中，然后再考中师。女孩子做老师是极好的选项，但不承想，事情很快就发生了变化。

先是刘丽荣所在的地区建成了一所中师。按照 1980 年教育部《关于办好中等师范教育的意见》的部署，几乎全国各省的每个地区都得有一所中师，贵州也不例外。这个新的地区中师，原先是一所干部进修学校，从 1977 年开始，已经荒废了好几年，但教学楼和宿舍等等都是现成的，拓宽和翻新也就一年多完成了。等到刘丽荣这一批中师生入校时，又新起了两栋三层的红色砖瓦楼，修了一座不大的操场，整个校园一眼看去都是崭新的。

接着一个好消息传来。初三上学期刚开始，年轻的班主任从外面一路小跑着进教室，一边擦着额角的汗水，一边急匆匆地告诉学生们一个新消息：从明年秋季开始，中师开始面向初中毕业生招生！但同时她也告诉兴奋不已、摩拳擦掌的学生，考中师非常不容易，先要预考，按照规定的比例测算，咱们一个年级四个班顶多能有十来个人通过预考，最终考试结果可以说是百里挑一，很不容易。刘丽荣认真地听着老师说的每句话，把关键的词句拿笔记下来。

理想可以很快走进现实，刘丽荣很开心，目标就在眼前了。那时，刘丽荣的成绩在全年级稳稳地居于前十名，只是听说考师范还得面试，内容包括音乐和美术，这让她有些犯难。那个年代，她这样的女孩，能坚持读到初中的已经寥寥无几——班上四十五个人，女孩子只有七个。能读书已是幸事，遑论那些"业余技能"。好在她嗓子好，唱歌清脆动听，自己也抽空练了几首，《草原上的朋友来相会》《东方红》这一类的。至于美术，哥哥有一个朋友是当年的插队知青，做过民办教师，教美术，尤其擅长素描。那人嗜酒，每顿饭少不得要喝二两。于是，哥哥送了一条腊猪舌给他做下酒菜，他也就周末抽一两个小时教刘丽荣拿铅笔画画。

刘丽荣很幸运地考上了那所地区师范，她是乡中学的独一份儿，并且在来自七个县的考生中名列前茅。当然，这些情况是她进校以后才听老师说的。

1983 年 7 月末的一天，哥哥去乡场上的邮局取回了那份宝贵的录取通知书。乡里有人考上了中师，一时间成了场坝里的热门话题。那个亲手把通知书交给哥哥的邮递员，逢人就说，了不得，咱乡里出了个女状元。供销社的大姐遇见上门买盐买糖的熟人，也在东一句西一句的闲聊中提到她一个姓刘的远房亲戚家的女子考上了师范。说者兴奋，听者竖起大拇指。那个劲头儿，仿若村里出了一个考上北大、清华的高才生。

腿残疾却念过小学的父亲接过通知书，激动得直拍桌子，说："咱家就要有一个吃公家饭的人了！这女子争气呀！"母亲高兴得直抹泪花，伸出双臂抱了抱脸上笑得开出花的女儿，说了声"你等着"，便转身进了厨房。不多时，一碗醪糟荷包蛋便端了出来，上头还卧着两个金黄如太阳般灿烂的荷包蛋。

"来，女子，吃吧！"母亲把这碗醪糟荷包蛋搁到桌子上。虽然已是 20 世纪 80 年代初，改革开放的春风吹拂大江南北，可贵州的大山里，鸡蛋还是很金贵，仍然是逢年过节才在餐桌上出现的佳肴。在刘丽荣家里，醪糟荷包蛋除了在生日和大年初一的早上可以吃到，平时只用来招待贵客。比如，数天前，来家里帮哥哥说亲的杨幺婆，她一落座，母亲就忙不迭地去给她煮醪糟荷包蛋，但也只卧了一个鸡蛋。

刘丽荣被飘散在潮热的空气里的甜香吸引着，很想立刻坐下狼吞虎咽，看看父母、哥哥和咬着指头的弟弟妹妹，她又强忍住了。是的，在这个普通的山乡农家，哥哥小时候的衣服给弟弟穿，姐姐小时候的衣服给妹妹穿；若是过年蒸上一碗夹沙肉，除了碗底铺的厚厚一层糯米，上面也就是六七片夹着红豆沙的五花肉，差不多一人一片，若是还有多的，就让馋嘴的弟弟妹妹分了去。

"香吧，你们先吃一口。"刘丽荣招呼幼小的弟弟妹妹。小家伙们闻言，便围到桌子边。刘丽荣夹起荷包蛋喂他们，小家伙你一口我一口便吃掉了一个。见状，母亲说："好啦好啦，剩下的那个就姐姐吃。你们俩吃了，也算沾点儿状元的喜气儿，好好念书！向姐姐学习！"刘丽荣大口吃着，醪糟荷包蛋性子热，在弥漫着暑热的下午进食，不多时额头便沁出一层薄汗。

"女子，慢慢吃，烫呢！"母亲坐在一旁含笑看着。

那个暑假，刘丽荣在村里新建的小学帮忙，帮着李三叔用白灰刷教室里的墙壁，帮着民办老师张琴姐做教具。孩子们小学一年级要学拼音了，声母、韵母都可以用纸板做成活灵活现的图案摆件搁在讲台上，还有手工劳动课的模板——一只蜗牛。用红色彩纸剪出一个长条，然后一点儿一点儿卷成了蜗壳的形状，用两根火柴棒穿在头上，就成了两根触角，两粒绿豆是蜗牛的眼睛。

刘丽荣还跟着陈校长一家一户地去动员学龄儿童上学。那时，九年制义务教育还没有实施。1986年4月，我国颁布了《中华人民共和国义务教育法》，这是我国首次把免费的义务教育用法律形式固定下来，也就是说适龄的孩子必须接受九年的义务教育。《中华人民共和国义务教育法》虽只有十八条，但"国家实行九年制义务教育"从此成为法定义务。《中华人民共和国义务教育法》的制定，标志着我国基础教育发展到一个新阶段。就在刘丽荣中师毕业成为一名乡村小学教师那一年，九年制义务教育正式实施。她在挨家挨户动员到了年龄的孩子去上学的时候，会拿出"国家法律"这一条和农村父母沟通。

1983 年 7 月，陈校长带着刘丽荣从水塘那边的村头开始动员。村头那家姓令，实施家庭联产承包责任制以后，他家除了梯田上的一亩多地之外，还包了这口大水塘。是的，就是刘丽荣小学时每天都要经过的那口水塘。原先的水塘，满塘死水，上面漂浮着绿色的水藻，如果出太阳，池底直往上咕咚咕咚冒水泡。如今，令家引了沟渠活水进塘，在塘里养了鲫鱼和草鱼，又种了莲藕，一家人成天围着田地、水塘和一群鸡鸭，忙得团团转。令家有五个孩子，大儿子二十七八岁，当年小学读了几天就辍学务农，如今是家里的顶梁柱；大女儿和二女儿已经先后出嫁，还有一个九岁的小女儿和七岁多的小儿子，都还没上学。这不，小女孩正拿着一小盆苞米在院坝里喂鸡，小男孩拿根有他两个身高的竹竿在塘边赶鸭子下水。就像老令在外面说的那样，令家都是勤快人，从大人到小孩，没一个吃闲饭的。

令家的小院就在水塘旁的一处坡地上。陈校长先跟吆喝鸭群的小男孩打了个招呼。

"你是谁呀？"小男孩问这个戴黑框眼镜的中年女人。

"我是村里小学的校长，你可以叫我陈老师。"陈校长说，又指了指一旁咯咯笑的刘丽荣，"这是刘老师，将来说不定要教你。"

"哦，老师呀。我好像去过你说的那个学校，打兔草的时候路过，进去瞅了瞅。"小男孩想了想说。

"那你想去念书吗？"陈校长问。

小男孩立刻点点头。

"好，那陈老师等下跟你爸妈讲，让你和你姐去上学。"

"嗯，你得跟我爸讲，家里的事，爸爸说了算。"男孩叮嘱道。

那天上午，陈校长跟老令说了好久。其间，从言谈间感知到丈夫执拗的令嫂，好几次从厢房探出头来，想说点儿啥，却被丈夫喝回去继续做针线活儿。

"你看呀，令大哥，一个学期下来，两个小孩的学费也就是一只老母鸡下几个月的蛋换的钱，心疼归心疼，可孩子终究要读了书才有更好的前途。就像这刘家的女子，眼看就要吃'皇粮'了。这就是古话说的四两拨千斤呀。"陈校长苦口婆心。

最后，老令点了头。一对小姐弟欢天喜地，令嫂也开心地非要留陈校长和刘丽荣吃午饭。

从村头往里走，更多的是拒绝。就像刘丽荣的远房亲戚，她的那个五表婶。五表婶坚决不同意自己十岁的女儿小鱼复学，说小鱼读过一年多的书什么也没学到，并且女孩子家家的还变得好吃懒做了。

"你看我们农村，女孩子读书有啥用？就像小鱼，过几年就该嫁人了，要不就跟她二哥到城里干活去。"五表婶说。

跟着陈校长走了几天，刘丽荣对自己的父母以及早早成熟的哥哥充满感激。不论在多么困难的情况下，他们都坚持让自己和弟弟妹妹读书，直至自己即将"跳出农门"。

1983 年的夏天，刘丽荣只有十五岁，单纯地认为陈校长如此热情，只是希望一手建起的村小人丁兴旺。毕竟，她曾读过的邻村小学是可以拿来做比较的。输赢心，每个人都有。当刘丽荣成为一名村小教师，拿"九年制义务教育""免学费"这些关键词都无法说服一个正在埋头收割庄稼的庄稼汉，侧脸却看见七八岁的孩子坐在田坎边，自顾自入神地翻着一本残缺不全的一年级语文课本，她突然不顾一切地声泪俱下之时，刹那间理解了几年前陈校长的苦口婆心。再后来，她从侧面了解到陈校长的过去。那个戴黑框眼镜的中年女人，就如她的气质所体现的那样，一股子城里人的味道。陈校长原本就是城里人。许多年前，她和丈夫被下放到农村，就留了下来，之前在乡场里的中心校教书。刘丽荣所在的村是整个乡里最偏远的地儿。听说要在那里新建一所乡村小学，陈校长第一个主动请缨挑大梁。

暑假将近五十天的帮忙，刘丽荣赚了十三块钱，算算差不多是中师里两个月的生活费。父母和哥哥也在为她去城里上学紧锣密鼓地准备着。母亲本来给她备了一袋子白米，让她带去学校——就像小学和初中一样，自带伙食。临了，乡中学的老师才告诉他们，人家师范学校有食堂，凭饭票打饭。发下来的饭票含着师范生的生活补贴，如果不够吃可以再拿钱买一点儿，但通常一个月的饭票女生都吃不完。铺盖卷也不需要，学校宿舍的床位有被褥，只要提口箱子就好。父亲认为家里那些装米的粗布口袋就可以用，却被哥哥否定了，他要给妹妹买一口箱子。

哥哥带着刘丽荣乘一辆拖拉机到了县城。这也是刘丽荣长这么大，第三次去县城。第一次去的时候她还小，没有什么印象。第二次是去参加中师的招生面试，因为心里没底，去的时候根本顾不得打量周围的街景，回来的时候跟着老师匆匆忙忙赶末班车，也没看见什么。这次，刘丽荣终于能好好看看县城是什么样了。县城里有四五层的楼房，阳台垂挂着碧绿的常青藤，街上时不时有小汽车驶过，人力三轮车吆喝着拉客。街边是一家接一家的店铺，有卖副食品的，有卖肉卖鱼的，还有饭馆。哥哥说这些店铺都是私人开的。一条大街走到一半，就到了国营的百货商店，箱包有一个专门的柜台，五花八门。半个小时以后，刘丽荣终于选好了自己心仪而又物美价廉的一款，一个棕色的半米长的皮革行李箱。这口箱子十分皮实，她一用就是三十多年。直到 2014 年，她与当地两个同行乘车赴贵阳参加函授本科集中学习，崎岖的盘山公路上，大巴车侧翻，大家平安无虞。刘丽荣也只是胳膊和膝盖有一点点擦伤，可是那口箱子却摔得四分五裂，彻底报废了。

拎着崭新的箱子，哥哥又带刘丽荣到街边的小店吃面。这是刘丽荣长这么大吃到的最美味的面条，有着红亮的酸辣汤汁、醇香的猪肉末儿。家里的面条也就是扔几片菜叶，加点儿盐、加点儿辣子，再倒点儿醋，填饱肚子就行。

"县城好吧？中师毕业，你就有机会到县城工作了。"哥哥说。

"嗯。"刘丽荣埋头吃面。县城的确令人向往，但她也明显地感到县城与自己的隔阂，说不清道不明。

若干年以后，刘丽荣才明白，这个隔阂就是归属感，她不属于繁华的县城。没有人不喜欢繁华和便利，但喜欢和归属却是两回事儿。她后来无数次到城市出差，时间再紧张，都要到街上逛逛，因为那里有山乡里见不着的热闹和精彩。但拘束和不安始终如影随形，她就像一个初次登门造访远房长辈的年轻人。一旦在外时间超过半月，她就会无比思念山乡的一切。回到村小见到熟悉的学生，她顿时觉得自己的身心都放松下来了，像一只归巢的鸟。

1983年8月27日一早，刘丽荣准备离家上学。乡里费老大劲儿找了一辆"专车"送女状元刘丽荣到县城。这种车叫吉普，是一定级别的领导下乡调研考察的专用车辆，能够克服山道的崎岖和泥泞。吉普把刘丽荣送到县城汽车站，再搭公交车去市里。当时，县里到市里一天只有一班车，而且是上午9点出发。所以，凌晨4点过，一家子就都起床了，为她送行。

母亲为刘丽荣准备的早餐是醪糟荷包蛋，同样是两个荷包蛋。

"妹儿，一口气把这些都吃了，才有力气赶路。你将来的路长着哩，好好走。我们做父母的，就只能送你到这里了。"父亲说。

刘丽荣的眼里饱含泪水，大口大口地吞咽着这碗醪糟荷包蛋。临别时的滋味，她记了整整四十年。

喝下最后一口醪糟水，院坝外传来一阵低哑的喇叭声，车子已经到了。刘丽荣提起箱子，径直往外走去，奔赴她既可见但也未知的前路。

二 殊途同归

"我特别幸运。"时隔近四十年，毛世伟在说到考取中师的这段经历时，仍然激动地强调这句话。

毛世伟比刘丽荣晚一年考进中师。党的十一届三中全会以后的岁月，一年一个变化，中国教育也是一样。

"1984年，县里有考上大学的人吗？"我问过一位八十六岁的老人。这位老人时任湖北靠近神农架的某县教育局局长。人们都说这位老人对以前的事情记得特别清楚准确。他说自己正在整理一个类似"某县教育大事记"的东西，只是苦于眼睛不大好，进度很慢。

"有呀，那一年至少有三个人考上大学。别看那时县里穷，人们肚子都没怎么吃饱，但大是大非的问题不含糊，教育问题就是'大是'，中国实现四个现代化，没教育怎么行？"老人回答。

我与老人探讨发生在20世纪80年代的"中师热"，他呵呵笑了，说："一个阶段有一个阶段的奋斗目标。"他提醒我，虽然《中华人民共和国义务教育法》是1986年4月颁布的，但颁布并不意味着就全面顺利地推开了，这个需要时间。事实上，20世纪80年代我国教育发展的重要目标，就是普及九年制义务教育。

"那个时候，中国的县城，农业人口占比能达到百分之八十左右。对一个农村家庭来说，在基础教育几乎没有经济辅助的情况下，把孩子供到初中毕业，已经做得很好了。这个时候有三条路：一条是像父辈那般务农，或者冒着风险出门打工；一条是考普通高中，让父母咬牙再供三年参加高考，千军万马过独木桥；还有一条是考中师或中专。尤其是中师，没有学费不说，还有额外的补助，出来就吃'皇粮'，非常稳定，况且计划经济时代，老师在社会上极受尊重。"老人说。

所以，我能够理解毛世伟在历经后来的在职学习及工作调动等诸多人生艰辛以后，还会对当初的选择表示由衷的感谢。

毛世伟的家在四川省开县（今重庆市开州区）。这里北邻巴山，南接长江，曾是西部第一大县，拥有一百六十八万常住人口，20世纪80年代农业人口能占到百分之八十以上。由于交通不便，产业支撑不足，开县经济多年发展也不尽如人意，长期戴着贫困县的帽子。过去的数十年，贫困是靠近湖北的开县、云阳、奉节、巫山、巫溪等地的共同特征，其贫困程度甚至超过云南、贵州某些同样地处山区的市县。

有个巫溪人告诉我，他幼年就生活在大山里，念初中需要走几十里山路下到县城。一个周末，他从家里赶回学校，时值盛夏，天气炎热，他脱下短袖衬衫顺手搭在肩上，谁知一阵山风刮来，竟然把衬衫吹到了深不见底的峡谷里。他在夏天只有这一件衬衫，青天白日下又不可能裸着上身直接进学校，于是他在山里等到天色昏暗，才走到学校，趁夜色溜进学校宿舍。有同学好心从箱底找了一件衣服给他—— 一件秋天穿的长袖衬衣，厚实不透风，夏天穿上就浑身冒汗。但没有办法，没人有一件多余的短袖衬衫。许多年以后，他与乡亲们在山里种名贵药材，走上了致富路，但也没忘记当年被突如其来的山风刮跑的唯一的那件短袖衬衫。

同样，在毛世伟对过往的讲述里，充满了艰难：有崎岖陡峭的山路，有终日泥泞的村道，有仅仅能产出土豆红薯的贫瘠土地，有辛劳半生而不能温饱的乡亲，有盼儿成才的父母，更有已经面目模糊却昼夜苦读的同学。

在毛世伟回忆时，我想起一种生长在潮气中的树，这就是盛产于开县、云阳等地的黄葛树。今天，三峡库区最常见的就是这种树，宽阔的长江边随处可见如男子腰粗的黄葛树。据说，20 世纪 90 年代三峡移民离开故土时，几乎每家每户都带着一棵黄葛树。黄葛树"闻水声而长"，且生命力旺盛，哪怕种子落在乱石缝里也会探头生长，树根紧紧扎进深处尽力汲取养分，枝叶伸展吸取四处弥漫的潮气。如此一来，临江潮湿而贫瘠的山地，自然就成了黄葛树的乐土。充满生存斗志的黄葛树的蓬勃生长，暗示了与命运抗争的某种力量。

在贫穷的开县，毛世伟一直属于能读书的孩子。他一早就把"考中师"当作自己的理想，从他知道初中毕业有这样一个选项开始。他在县里的中学念初中时，一直在年级里名列前茅。他知道自己如果一直读到高中，将来考大学很有希望，但家里兄弟姐妹众多，需要有人能尽快出头。普通高中三年，未来如何不可知，如一个赌局；中师三年，未来已很明确，教书育人且吃"皇粮"。

有毛世伟这样想法的人很多。

在毛世伟念初三的时候，整个年级大约有两成以上的复读生。他们与刘丽荣一样，在上一年参加了中师或中专的角逐。同龄人刘丽荣算是幸运者，而代表着绝大多数的他们，则在那场堪比今天考取"985""211"重点大学的竞争中败北。这群人复读初三只有一个目标，再次备考中师、中专。初三弥漫着硝烟，堪比若干年后的高三。

毛世伟告诉我，他还有一件事至今回想起来也分外骄傲。他说："我没有复读就直接考上了中师。要知道，我的不少中师同学都是复读生呢。"

"这回要是还考不上中师或中专怎么办？"

"那就当兵去，或者出去打工。"

这是毛世伟与自己的初三同学关于"考不上怎么办"的一次闲聊。

大半年后，有几个同学踏着家乡的泥泞小路，随队登上了搭载新兵的列车。一个胸佩大红花、穿着新军装的十八岁小伙突然在车厢里发起了高烧。这是他头一回坐火车，兴奋的情绪与密闭的车厢，使得他前些天已染上的风寒迅速恶化。一到站，他没有立刻去新兵营，而是被送到师医院。但他说这是一个愉快的经历，有护士贴心照料，每顿午餐都有一个荤菜。在乡下，一年到头才能吃肉，额头在灶角碰一个口子，血流如注，也只能拿草木灰敷上止血，然后该劈柴还是劈柴，该放牛还是放牛。

南下打工是毛世伟的很多落榜同学的选择。20 世纪 80 年代以来，为了解决温饱问题，开县人纷纷走出大山，走向全国，并逐步形成了自己的品牌"开县民工"。

去广东打工的同学最终凑足了一张火车票和十元钱，车票贴身放着，几张零散的纸币缝在内衣里。他们去的地方叫东莞，有玩具厂招了他们。车间里，男孩们把机器里出来的散发着刺鼻气味的、五颜六色的塑料颗粒填充到模具里，洋娃娃、玩具小手枪等就一一出炉了；女孩们则把棉花均匀地塞进各种形状的绒布套里，然后用针线一点点缝好。过不了多久，这些就成了各大城市商场里售卖的昂贵的玩具。他们通常三班倒，一天至少工作十个小时，包吃包住，一个月能到手三十多元，大部分寄回老家，留一点儿作为生活费。打工终不长久，他们的身份也一直是农民工，那时的大城市不好扎下根。

大半年后，毛世伟已经如愿以偿考进了开县师范学校。这所学校发下来的粮票，甚至男生一学期都吃不完。

在毛世伟的记忆里，1984 年的夏天，他们初三有一百多个人，只有三个考上中师，算起来不到百分之三。与刘丽荣考上的地区师范学校不一样，县师范招生范围基本就在本县。但也有例外，开县师范开设的"音师班"是面向万县地区的三区八县招生的，在 20 世纪八九十年代很有名气。如今三峡库区的"万开云"一带，曾有过不少县师范，除了开县师范，还有大名鼎鼎的云阳师范、巫山师范等等。

作为对"光荣的中师生"的奖励，村支书送给毛世伟一个厚厚的笔记本，封面上是四个烫金大字"工作笔记"。在物资匮乏的 20 世纪 80 年代初，县城没有什么文具店，笔记本就是稀罕物。毛世伟拿着这个笔记本，反复摩挲着封面上的几个烫金大字，对未来充满憧憬。虽然还不知道"跳出农门"后的生活是怎样的，但可以确定比现在更有奔头。

考中师就是为了改变命运，这是毛世伟最初的想法。数十年来，随着世事变幻和阅历增加，他对师范生这一身份的理解一直在变化。2011 年，他以"十佳科研校长"的身份，被从开州区引进到重庆市主城区某知名小学。如今在他的学校里，管理层和资深教师几乎都是曾经的中师生，而青年骨干和新教师都来自各大师范院校，是拿着高级中学教师资格证的师范大学生。

也是在 20 世纪 80 年代，赵红和刘凤先后考入位于重庆北碚的重庆市第一师范学校，这是个面向重庆主城区招生的中等师范学校。她们考中师的初衷，与祖祖辈辈面朝黄土背朝天的毛世伟不大一样。

赵红的家在城郊，距离她当时在街镇就读的中学，步行也就二十多分钟。初中三年，她都是个走读生，甚至午饭也可以回家去吃。

事实上，郊区农村与一般农村是有区别的。郊区位于城市辖区内，通常距离市中心较近，因此受到城市的经济社会环境影响较大。相比之下，一般农村地区则通常是人口较为分散的居住区，远离城市中心。郊区的环境和生活质量往往优于农村，因为它受益于城市的公共服务和基础设施。有人会认为，真正的农村地区可能更加接近自然环境，具有独特的田园风光和慢节奏的生活。这样的认知形成，是在20世纪90年代末，服务业增加值以年均约百分之十点八的速度增长，并在产业结构中占比越来越高，乡村旅游业趁势发展的大背景之下。

20世纪80年代，重庆这座大城市近郊的乡村，能用于种粮食的土地很有限。因此，那里的村民手头有国家贴补的粮票，他们通常在自家的几分地里种上包包白、瓢儿白、土豆等蔬菜，勤快点儿的还会养几头猪、一群鸡鸭，甚至把废弃的堰塘清理出来养鱼。城里的人管他们叫"菜农"。从20世纪70年代末开始，在大型国企的厂门口、城里的街巷角落，市民的生活需求与菜农自产的蔬菜鱼肉共同构成了最初的自由市场。凌晨4点，城郊的菜农就借着月色出发了，他们的背篓里装着翠绿欲滴的蔬菜。几个小时后，他们就到达了自己在城里某自由市场的相对固定的摊位，喊道："哎，婆婆看看，这是地里刚出的包包白！"城里人喜欢菜农卖的东西，却又不喜欢他们土气的外表以及偶尔缺斤少两的狡黠，后来就用"包包白""瓢儿白"等蔬菜名称指代那些郊区菜农。

从起初的偷偷摸摸到几年后的光明正大，摆摊的菜农慢慢地不限于温饱，甚至手头有一些钱了。到了20世纪80年代中期，他们期盼的是一纸城市户口。城市户口代表着体面，能带来生活便利，能让子女接受更好的教育。那时，孩子的户口随着母亲，城市里的中小学都要求城镇居民户籍。某些大型国企的职工，因为娶了城郊村民，生下的孩子也是农村户口，导致他们的子女在本厂子弟学校念书的时候，还得额外交钱。赵红的村里姐妹，把去城里做工再嫁个搞技术的城里人，当成"农转非"的重要途径。

"我考中师就是为了有个城市户口。"赵红说。赵红初中就读的是优等生云集的尖子班。正常情况下，她初中毕业后考个重点高中不是问题。

对经济条件不错的郊区农村家庭来说，如果孩子有意考大学，父母兄姐也会大力支持。就像我认识的一位中学老师，她家在某省城的城乡接合部，家里的一亩地用来种了果树，住房扩建开了饭馆。家门口就有一条车水马龙的国道，饥肠辘辘的货车司机就是他们饭馆的常客。这不，鸡群在院子里跑，水池里养着鲫鱼和河蚌，父母和哥嫂在厨房里忙碌，她则坐在店堂一角温习功课。1986 年，她就读某重点高中。三年后第一次参加高考，以二十分之差落榜。复读后，她第二年考上了某师专，也算是考上了大学。

1986 年，初三的赵红越过一道道考试关口，进入了重庆市第一师范学校的面试环节。考场设在城区的一所幼师里，天气炎热，考场里人很多，每个人几乎都汗流浃背。面试项目一项接着一项，但一切都井然有序。每一间教室门口，都有一个老师负责点名，喊到一个进去一个。

体检，检查考生样貌和身体素质；音乐，考的是唱歌和弹琴；美术，还是考的素描；体育则在户外，考立定跳远和跑步。

赵红完全没有学过乐器和素描。和许多小伙伴一样，她的所谓画画，就是拿着铅笔或圆珠笔在废弃的作业本背面随意勾勒"古代小姐"，造型要么来源于同学之间流传的连环画，要么来自邻居家电视里的香港武侠片。这种肯定上不了台面。

弹琴和素描，赵红都是硬着头皮上。

"能弹一支曲子吗？"面试老师问。

赵红羞涩地摇摇头。

"那你随意按下琴键，弹几个音符就可以了。"老师说。

后来，她才知道，不会弹曲子没关系，乱弹几个音符，老师就能看出手指的长度能不能卡到八个键，能否进行师范常规课程的学习。至于素描，赵红更是拿铅笔对着参照物一通信马由缰地勾勾画画。

面试的情况，让赵红心里没有一点儿底。但她最终还是被这所条件颇为优越的中等师范学校录取了。赵红所在的尖子班，有六个人考上了中师，其中，三个是农村孩子，三个是教师子女。

在赵红看来，从 20 世纪 80 年代中期开始，考中师当老师，确实是农村孩子的最好选择，却并非城市孩子的最好选择。城里的学生有太多选择，成绩好的可以在父母的支持下念高中考大学；成绩不好的"厂二代"可以就读大型国企办的技校，出来就捧铁饭碗。

赵红的师妹刘凤，恰巧就是她所说的"厂二代"，某上万人大型国企的职工子弟。

刘凤从中师毕业以后，一直教小学数学，但事实上她最喜欢语文。念小学的时候，她写的作文《十里钢城的夜景》就发表在报纸副刊上。单单听这个作文的名字，就会觉得作者是个生活在幸福之中，并且对未来充满憧憬的小女孩。

美好的生活，一直为少女时代的刘凤所向往，但却可望而不可即。

1971年出生的刘凤，籍贯河北。那时，全国的所有大型国企的职工都来自五湖四海，带来各地的乡土民俗。刘凤的父亲是分厂里的一名普通职工，母亲没有工作，还有两个妹妹。一双手养五张嘴，日子很是艰难。

在刘凤的印象里，姐妹仨的衣服不能同时买，一个月只能吃两次肉，唯一的糖水饮料是父亲夏天从车间里带回来的清凉饮品。20世纪80年代，大城市里这般困难的企业职工家庭并不少见。十里钢城数万职工，厂区、家属区、商店、学校、医院一应俱全，活像座城市。因此，这里必定也会发生各种悲欢离合。

父亲高中学历，写得一手好字，会拉二胡，会打乒乓球。父亲虽然有才气，但平日很忙，照管孩子们功课的任务，自然落到了母亲头上。母亲虽不大识字，却懂得看孩子们作业本或试卷上的钩钩叉叉，以此来决定是表扬还是责骂。

"母亲其实不会照管生活。"刘凤说。

让人意想不到的是，母亲不会做饭，甚至不会给女儿梳头，许多家务事要等到父亲回来做。父亲如果当了厂里的干部，那么就没有时间顾家了，所以母亲阻止了父亲宝贵的"提干"。母亲不会照管生活，刘凤不可能成日饿着肚子或者蓬乱着头发，何况还有两个妹妹，小小的刘凤被迫开始自己动手料理一切。直到今天，照顾生活不利索的母亲，仍是刘凤和妹妹的棘手问题。

刘凤读初中时，父亲的健康状况每况愈下，常常腹痛不止，住院成为常事。家里的日子本来就过得捉襟见肘，每月不断支出的医药费更是让家里的生活雪上加霜。刘凤常常在父母支派下找工会和亲戚借钱，小小年纪便见惯人情冷暖。

刘凤告诉我："那些困境或者说世态炎凉，我经历过痛苦之后慢慢发觉，并不需要在心里反复回味并想着与之抗争，而是要努力学会适应，让自己心志更加坚强。虽然鄙夷的白眼、恃强凌弱让人心灰意冷，但这并不能成为我们不再心怀美好愿景的理由。这样负重前行的坚强，也是我后来做了老师能够传递给学生的宝贵品质。"

这个大型国企的职工子弟很优秀，每年，都有好几个人从子弟学校的高中考上大学。在第一子弟校就读的刘凤，是班里成绩特别拔尖的学生，如果读高中，她也会是高考中千军万马过独木桥的那个胜出的幸运者。然而，家里的实际情况，让她只有退而求其次的两种选择：考技校，或者考中师、中专。

这里说的技校，由这个大型国企自己办学，被称作"企业技校"。有资料记载，企业技校的历史可以追溯到1881年开平矿务局创办的采矿煤质化验学校。这是中国历史上第一所企业创办的学校，标志着企业办校的开端。此后，随着社会的进步和技术的发展，企业办校逐渐成为中国教育体系的重要组成部分。特别是在 1949 年到 1980 年间，企业在计划经济体制下，成为发展教育的重要力量，并且在政策支持下得到快速发展。1958 年，中共中央、国务院发布《关于教育工作的指示》，提出了教育要"国家办学与厂矿、企业、农业合作社办学并举"，使得企业正式成为其所办学校的管理主体。1980 年的《关于中等教育结构改革的报告》也明确指出，"实行国家办学与业务部门、厂矿企业、人民公社办学并举的方针"，进一步促进了企业办学的繁荣。

在这一系列的政策措施推动下，企业技校的数量迅速增加，它们不仅解决了企业的技术人才需求，也为社会提供了多样化的教育服务。后来，随着时间的推移，企业办校的模式也在不断发展和变化，以适应新的社会经济环境和技术进步的需求。

父亲倾向于让刘凤考技校，毕业出来就可以在厂子里工作，而且是从小长大的最熟悉的环境。刘凤则倾向于考中师，毕竟从小就喜欢语文，如果将来有机会当个语文老师，那就太好了。为了保险起见，刘凤初三毕业时先后参加了技校和中师的考试。在技校的考试中，她轻而易举地考进了前两名。她也顺利考上了重庆市第一师范学校——班里四十几个同学，有十个人都考上了。这家整整占据了一个城区的大型国企有数十所子弟学校，对教师有着强烈的需求。因此，这些考上中师的少男少女都与国企签订了合同，毕业后回到企业的子弟学校任教。他们都是中师里的"委培生"。

根据刘凤的观察，在重庆市第一师范学校，他们1987级学生的城乡比约为4：6。其中城市户籍的同学，大多来自国企和矿区，绝大多数都是"委培生"。

"幸亏我读了中师。"刘凤说。她中师毕业刚刚半年，久病的父亲就因突发的胰腺炎过世了，一直支撑着家里五口人生计的顶梁柱倒下了。幸而刘凤已经参加工作成为一名小学老师，每月有七十八元的工资。

刘凤说："那时，工资确实少，但好在我们几个姐妹不怕苦。暑假的时候，我和妹妹凌晨四五点钟就去蔬菜批发市场进菜，然后在菜场摆摊卖菜，一天能挣个几块钱……不管怎样，父亲走了以后，天没有塌下来。"

三　刚　需

"父亲、哥哥和我，都曾是民办教师。"王哲兰说。

《教育大辞典》解释，民办教师是指："中国中小学中不列入国家教员编制的教学人员。主要为普及小学教育补充师资之不足。除极少数在初中任教外，绝大部分集中在小学，一般具有初中以上文化程度。由学校或当地基层组织提名，主管行政部门选择推荐，县级教育行政部门审查（包括文化考查）批准，发给任用证书。"在生活待遇上，民办教师除享受所在地同等劳动力工分报酬（1979年后享受责任田）外，另由国家按月发给现金补贴。

和江浙的许多农村家庭一样，王家数代都秉持着耕读传家的传统——做个饱读诗书的私塾先生，再种几亩薄田。父亲是 20 世纪 50 年代那批最早的民办教师之一。就在宗族祠堂旁的那个百年私塾被改为公立小学那年，父亲开始教小学的语文、数学。与上头派下来的校长不同，父亲本质上还是个庄稼汉。直到 1977 年的初夏时节，已年逾七旬，背脊弯得像虾米一样的父亲，为了给家里多挣一些工分，还坚持在田里种水稻。嫂子给父亲和哥哥送饭过去，看父子俩浑身都汗湿了，嘴里直说心疼。

"瞧瞧，这日光投射到水田里，风微微一吹，就像湖面一般波光粼粼。"父亲一边吃劲儿地站起身往田坎走，一边赞美着田里暂时呈现的好景致。

在王哲兰的印象里，父亲大半生都是乐观的，他豁达地看待特殊年代带来的一切委屈和不公。父亲一辈男丁稀薄，所以他无论如何也要生下儿子。他一连生了四个女儿，才有了哥哥和王哲兰这两个宝贝儿子。从王哲兰记事起，父亲就已经是一副苍老的面容。在父亲的坚持下，哥哥一直读到高中。在 1977 年以前的数年，读大学或者中师、中专都是靠推荐。虽说哥哥一贯表现很好，但中农的家庭成分让他得不到这个宝贵的求学机会。子承父业，哥哥也在村小做起了民办教师。哥哥有时会为自己的命运抱怨沮丧，父亲则拍着他的肩膀安慰他："不要难受，今天的一切，好的也罢，不好的也罢，都是为以后做准备。"

据统计，1977 年，全国中小学民办教师人数为四百七十一点二万。像王家父子这样都是民办教师的，比比皆是。

1977 年 10 月底，刚刚高中毕业的王哲兰在报纸上突然读到一则消息，国家即将恢复高考，本年度的高考将于一个月后在全国范围内进行。他的心激动得怦怦直跳，拿起报纸就去找哥哥分享这个足以改变命运的大好消息。

哥哥看到这则消息，并不像十六岁的少年王哲兰那般开心。他还没有在这个简短的消息里看到报考条件，心里盘桓着几个疑问。

报考条件里会限制年龄吗？

2009 年 7 月，《民主》杂志刊登的《基础教育改革学制首当其冲》是这么介绍的："我国自 1951 年 11 月 1 日政务院颁布了《关于改革学制的决定》，一直到 1965 年，基础教育都基本上沿用'九三'学制。1966 年到 1977 年一直是'五四'学制。""五四"学制即五年小学、两年初中、两年高中。照此，六岁入学，十五岁就可以进入大学，十九岁就可以大学毕业。

哥哥高中毕业，现在已经快二十四岁了。如果报考年龄限制在十九岁以下，那就没有希望了。

报考条件里会提到婚否的问题吗？

在他们的村子里，有许多插队的知识青年，不少人来自上海、南京等繁华的大城市，也是从 1977 年开始，陆陆续续地回城。但那时能否顺利回城，与"婚否"也有很大关系。对高中毕业就做了民办教师的哥哥来说，在农村早已到了谈婚论嫁的年龄，他在二十岁上"晚婚"，1977 年已经有了两个孩子。会不会已婚的人就不能报考?

还有,报考是否需要组织推荐或组织批准?

不久,详细的报考条件公之于众,哥哥放心了。1977年高考的报考对象应"具有高中毕业或相当于高中毕业的文化水平""不超过二十五周岁,未婚";特别情况可以放宽到三十岁,"婚否不限"。当然,这次高考自愿报名,不需要组织推荐。在省里的档案馆,还可以查阅到这份在当年足可改变一代人命运的文件——1977年,国务院批转的教育部《关于1977年高等学校招生工作的意见》。

1977年冬天,哥哥和王哲兰都如愿走进了考场。那一年的高考,汇集了若干届没有机会上大学的高中毕业生和肄业生。参加考试的人特别多,几乎每个考场望上去都是黑压压的一片。与之相对,大中专院校的招生人数很少。

那一年,哥哥得到了中师的录取通知书;王哲兰落榜,继续在村小做民办教师,教语文、数学、音乐三门课。王哲兰民歌唱得特别好,又擅长吹口琴。三年后,哥哥毕业到了县里教书,成了吃"皇粮"的"国家干部"。王哲兰虽说已经在乡里县里的各种比赛中拿到众多荣誉,可还是一个"有文化的农民"。村子里有人开玩笑说:"这哥儿俩,是穿皮鞋和穿草鞋的区别。"1982年,哥哥拿着每月三十六元的公办教师工资,王哲兰则拿着每月十二元的民办教师补贴。父亲的身体日渐不好,不仅直不起腰,甚至连走路都困难,天天药当饭吃。可叹的是教书育人一辈子的父亲,因为是民办教师不属于退休人员,所以没有一分钱退休金,过去的一点儿微薄收入都养家糊口了，也没有什么存款，吃饭看病全部靠儿子。尤其是在最有出息的哥哥面前，父亲甚至愧得连说话都很小声。在病痛和自尊心的双重折磨下，他曾经的乐观豁达已全然消失，俨然成了农村最常见的悲苦的老人。

看着父亲，王哲兰想起自己，虽然才二十多岁，但民办教师的未来，已经在父亲还有诸多长辈身上大致可见。也是从那时起，为全国农村民办教师提高待遇、解决身份问题的呼声，一浪高过一浪。王哲兰也加入了这股大潮，几乎每年都给县里市里的教育局写信。事实上，从党的十一届三中全会开始，国务院有关部委和各级人民政府就已在陆续采取措施，解决这个长期困扰农村教育发展的公办教师、民办教师并存的难题。其中，中师招收民办教师，就是其中的一项重要举措。

1988 年，已在乡村小学执教整整十年的民办教师王哲兰，凭着厚厚一沓奖状和连续不断的诉求，终于得到了去地区师范学校学习的机会。按照国家的部署要求，这所地区中师专门为民办教师开设了两个班，通过两年的学习，毕业后的学员就能转为有编制的公办教师。

"那时，在中师有不少同学想着读完书有了编制，以后可以调进城里工作。但我不这样想，我只想同工同酬，我只要国家给我一个身份。这是刚需，别的我都不图。我喜欢教师这份职业，我喜欢孩子。"王哲兰说。

王哲兰五年前已经退休，他是从十七岁就开始任教的那所村小退休的。随着城市化进程，这所村小在 2014 年就已经是某实验小学的分校了，王哲兰退休前是这所小学的副校长。

改革开放之初，我国教师队伍中大概三分之一为民办教师。党的十一届三中全会后至 1990 年，国务院有关部委和各级人民政府积极采取措施，通过整顿教师队伍、中师招收民办教师、"民转公"等形式，使民办教师从 1977 年的四百七十多万减少到 1990 年的两百八十万，教师队伍建设取得了明显成效。1992 年 8 月，国家教委、国家计委、人事部、财政部联合下发了《关于进一步改善和加强民办教师工作若干问题的意见》。这个文件明确提出了解决民办教师问题的著名的"关、转、招、辞、退"五字方针。1994 年，党中央、国务院明确提出，"争取到本世纪末基本解决民办教师问题"。解决民办教师问题从此有了历史性转折。1986 年至 1996 年的十年间，全国共计安排民办教师转公办教师一百一十六万。1997 年，《国务院办公厅发出关于解决民办教师问题的通知》，要求确保到"本世纪末基本解决民办教师问题"目标的实现。1998 年，我国中小学民办教师占全国中小学教师的比例减少到百分之九点一三。2000 年，民办教师问题得到基本解决，民办教师退出历史舞台。

"读中师解决文凭问题，也是我们这群人的刚需。"陈晓蓉说。

东北某省会城市一个拥有六千多名职工和家属的电机厂，坐落在郊区农村。1977 年以前，厂里的孩子几乎都在村小学读书，但从厂里到村小，走路要二十多分钟。村小学教师数量有限，一个年级最多只能设三个班，无法满足厂里孩子们上学的需求——那时，厂里每年有五六十个小孩要读小学一年级。1977年冬天，厂里的教育科牵头，把原先的工人夜校改建成了子弟小学，又拆掉了旁边的一些旧平房，围了一座操场出来。校园有了，关键是师资。虽然在市教育局的协调下，从各个小学调来五六个老师，但相对学生的数量而言，缺口依然很大。就这样，高中还未毕业便接父亲的班到厂里当工人的陈晓蓉，便被"以工代干"，调到子弟小学当了语文老师。

陈晓蓉之所以被调去教语文，是因为她曾多次在厂里及市里的朗诵比赛中获奖，文笔很好，喜欢写诗，还写得一手好字。如果不是父亲在1976年突然病故而家里弟弟妹妹还小，陈晓蓉也会想方设法继续念书，然后参加1977年的那场高考。

陈晓蓉当年的一个学生告诉我，这位年轻的老师很有魅力，她给大家朗读《卖火柴的小女孩》，声音、动作和面部表情叠加到一起，把孩子们瞬间就带到了冰天雪地的故事里。陈晓蓉为大家擦亮了一根火柴，在那个物资匮乏的年代，照亮了孩子们的理想和前途——班里至少有一半的学生从此爱上了《安徒生童话》。当时，班上有一位老师是动不动就要打人手心的老太太，她斜着眼瞪谁，谁都吓得哆嗦。老太太去一个孩子家里家访，被热情的家长留下来吃饭。孩子挑食，不愿意吃母亲硬夹到碗里的豆角。"老师坐那里呢！"母亲说。孩子抬头，正瞧见老太太斜眼瞪他，吓得赶紧把碗里的菜吃得干干净净。年轻的陈老师不是这样，她很爱笑，一笑嘴角两侧便各有一个酒窝。她的笑是一种鼓励，鼓励孩子们多多向好。

这个学生还记得，20 世纪 80 年代初有那种红红绿绿的硬质水果糖，大概一块多钱一斤，跟苹果的价格差不多。穿一身蓝色工装、用素白色手帕扎着长发的陈老师，买上一大包这种糖，作文写得好的同学发两颗，考试前五名的每人可以得到三颗，六一儿童节全班四十多个同学每人一颗。1982年，那些因教育急需而被补充进来的工人编制的"以工代干"的教师，每月工资三十块钱左右。

"以工代干"是 20 世纪 60 年代的时代产物。当年，由于缺乏正常的吸收、录用干部制度，厂矿企业选调了一些工人从事干部岗位的工作，未办提干手续，出现了"以工代干"人员。随后，党政机关、群众团体和事业单位相继使用"以工代干"人员，干部使用混乱，给干部管理工作带来了不少问题。

1983 年，中组部、劳动人事部发出了《关于整顿"以工代干"问题的通知》。这个通知提出了妥善解决"以工代干"问题的具体政策，"以工代干"人员有的根据工作需要转为干部，有的回到工人岗位。这个通知还规定，今后一律不再使用"以工代干"人员，需要从工人中提拔干部，均需要先办理吸收干部手续。

一纸通知是下来了，但全国有数以万计的"以工代干"人员，必须采取各种方式去慢慢消化。

1985 年，陈晓蓉等一批学历不达标、没有师范学历的"以工代干"从教人员，参加了市里教师进修学校的教材教法培训班。这是他们第一次参加小学教师专业培训。任教老师都是城区学校里教学经验丰富的老教师。在这个将近六十人的培训班里，踏实肯学又基础扎实的陈晓蓉被同学们选为班长。三个月的培训班结业以后，市教育局又组织他们参加了"中师函授班"的学习。这是市里某师范学校委托教师进修学校举办的。

那里的老师令陈晓蓉印象深刻，尤其是数学老师。参加培训的学员的学历高低不一，有的高中毕业，有的像陈晓蓉一样属于高中肄业生，有的初中毕业，还有的是三十多岁、正儿八经只念过一年初中便"上山下乡"的"老三届"。这些知识水平不一的学员坐在一个课堂里，给任课的数学老师出了一道大难题：怎样让所有学员都有所收获？数学老师来自市里的某师范学校，看上去也就三十出头。据说，他是恢复高考后考到师范学院再被分配到中师的骨干教师。他一会儿讲难度较大的立体几何和三角函数，一会儿又回顾相对简单的一元一次方程。这样，"高中生"和"初中生"就都顾及了。看到有学员开始无聊地东瞅瞅西看看，老师又讲起有趣的数学故事，比如"数学天才和一碗热汤""哥德巴赫猜想"之类。他讲故事的语调幽默，引得教室里的学员哄堂大笑，与此同时，学员们分散的注意力又被吸引回来了。

1985年底，陈晓蓉这届中师函授学员毕业了，她领到了由市里的某师范学校颁发的中等师范函授毕业证书。这样一张在今天看来毫不起眼的在职进修文凭，却让这批"以工代干"的从教人员成了真正的国家干部和公办教师。

　　经过五年多的时间，干部录用工作中存在的漏洞终于被彻底封死，大批符合条件的"以工代干"人员，通过培训、考核、考试转变身份，走上新的人生之路。这场整顿，也为紧接着到来的国家公务员制度的建立奠定了坚实基础。

第二章　中师印记 |

一　中师生的日常

刘丽荣告诉我，在贵州中部那所师范学校，除了"音乐师范班""美术师范班"，其余的都是"普师班"。也就是说，学校培养的都是小学的全科老师，将来既可以教语文，也可以教数学，甚至可以教生物或地理这样的"科学课"，也能教思想政治。中师课堂上教的语文和数学，与普通高中的课程很不一样，表面上看要简单一些，没有为了高考而特意设置的难题、怪题，一切都以基本概念为主。但这样的课程设置，正是为了适应小学教学筑本培基的需要。1983年，"教材教法"和"心理学"已经是中师的必修课。

数十年后，一位师范大学生通过激烈竞争到一所小学从事教学工作，她需要从一年级开始带。瞧瞧，四十多个刚从学前班来的小孩压根儿不知课堂规矩为何物，上课铃声一响，教室反而变成了游乐场，桌椅板凳、书包课本都是游戏道具。就在这个刚走上工作岗位的师范大学生不知所措之际，她的带教老师—— 一位毕业多年的中师生进来了，这位带教老师微笑着打手势，用小孩能听明白的话叫大家乖乖坐好，让一年级新生的第一堂课顺利进行下去了。

"她们（中师生）太懂小孩子的想法了。"那个年轻大学生感叹道。毕竟，中师生与师范大学生原本的教学对象就有差异。20世纪90年代末大学扩招前，师范大学生毕业后基本去中学，多数教初中。在那里，他们所面对的，是已被中师生教出来的懂课堂规矩和学习方法的小学毕业生。

在刘丽荣的印象中，中师离市中心不算远，周末她和同学常常走一长段坑坑洼洼的石子路以后，再赶一天只有六趟的公交车到城里逛逛。当年，这个得到上面扶持的地级市有宽敞的柏油路，两旁的楼房比比皆是；百货商店货架上为数不多的录音机里，传出邓丽君缠绵动人的歌声；国营电影院的门口贴着粗糙的大幅海报，正在宣传上映的热门电影。对刘丽荣而言，看电影是一件奢侈的事情，她压根儿就没想过要走进电影院那道精心装饰的大门。那一幅幅由剧照组成的图说，就像地摊上的连环画一般，已经将剧情大概讲了一遍。何况，影片中那些唯美的人物造型，《垂帘听政》里太后皇妃们的旗头簪花，《迪斯科舞星》里时髦华美的舞蹈装扮，她已经牢牢记在了心里……城市在刘丽荣的眼前，展开了一个有别于山乡的全新世界。

在山乡的小学和初中，刘丽荣一向是骄傲的，她骄傲的资本是优秀的学习成绩。在尖子生云集的中师，刘丽荣必须重新定位，找到自己的长处和短处。长处就是勤奋不怕苦，可这个长处几乎所有同学都具备；对照中师的课程和要求，刘丽荣发现了自己的诸多短处。普通话里掺杂着浓厚的乡土音，朗诵时平翘不分、"h""f"不分。美术除了当初赶鸭子上架学了一点素描，实际上也只是对着实物拿铅笔毫无章法地勾勾画画，连门儿也没入。至于音乐，除了嗓子好能唱几首熟悉的老歌，乐器一样也不会，包括最简单的口琴。体育是好的，无论是投掷实心球还是跑四百米，几乎都能顺顺当当拿满分，这还得归功于山乡里一路的爬坡上坎。

"要成长为一个优秀的中师生，不仅仅依靠勤奋，还得靠老师的教导和点拨。"刘丽荣说。她的回忆就此慢慢展开。

教语言基础知识的陈老师，家乡在河北保定，是一位1964年师院毕业的师范生，说一口漂亮的普通话。她带着学生们一个字一个字地纠正读音，从口型到发音。课堂上，她常常让学生站起来，一连读十五个词。这些词都有平翘舌、前鼻音后鼻音的差异，学生一边读一边被纠正。原本，同学们都用方言交流，陈老师要求大家平时尽量说普通话，因为习惯是在日常里养成的。一天傍晚，刘丽荣遇见陈老师，打招呼说："老师好，您这么晚还没回家啊！"陈老师立刻纠正："是 laoshi 好，不是 naosi 好。刘同学也很辛苦呀，现在才从教室里出来。"到了中师三年级，刘丽荣已经能说一口比较标准的普通话了，班里还有几个同学，已经接近市里电台播音员的标准。

刘丽荣记得，中师的第一堂美术课就是素描。教美术的李老师亲自当模特。也对，这个年近四十岁的矮胖男人，留着浅浅的八字胡，鼻梁一侧还有一颗大大的黑痣，模样颇有些好玩儿。学生们拿起铅笔，把他画得千奇百怪，有的活像两个土豆连在一块——小的是头，大的是身子，有的乍看满脸皱纹像个七八十岁的老头，有的又画得像只胡须上翘的猫咪。专门学过几天素描的刘丽荣画得还算有点儿像，但也仅仅比部分同学好一些。待到这些画交上去，李老师从中挑出几张拿出来展示，其中就有刘丽荣的。

"好好画，一看你就有基础，能抓住人物的关键特征和神韵，坚持下去肯定越画越好。"李老师对刘丽荣说。农村少女的忐忑不安一下子被老师的真诚鼓励冲散了。那一刻，刘丽荣真心喜欢上了画画。几年后，刘丽荣在乡村小学既能教语文，又能教数学，还能教美术。她的国画和水彩画都十分出色，甚至还是县里美术协会的理事。

中师二年级，美术和音乐任选一科，刘丽荣在一番纠结之后终于下定决心选修美术。她的选择，让教音乐的刘老师感到很遗憾。之前，刘老师一直夸刘丽荣先天条件好，手指又细又长，适合学琴，又有一副好嗓子。刘老师常常让她和另外两个有天赋的学生课后多留半个小时。刘老师弹风琴，让三个学生随着节奏练声。一年级下学期，刘丽荣已经粗略懂得如何用胸腔发音以及有节奏地换气。刘丽荣在一年级的最后一堂音乐课，把自己的决定告诉了刘老师。她记得，脸上总是洋溢着青春神采的刘老师叹了口气，停了片刻，说："祝福你对自己课业的选择，喜欢就好。如果有需要，可以随时找我。"也是二年级的时候，刘丽荣用自己千方百计积攒下来的生活费买下一支口琴,与七八个买了口琴的年级同学一起,到刘老师狭小的宿舍去学口琴。刘老师和她的爱人都是1977年冬天考上师专的,他们也是时代的幸运儿。那时,这对教师夫妻二十六七岁,还没有要孩子。一到下午的课余时间或者周末,不足三十平方米的筒子间里便是口琴声以及欢笑声。有邻居上门提意见,说声音太大影响别家休息。刘老师便赶紧低头道歉,关门转身向屋里的学生做个手势,声音便慢慢低下去,只留下一个同学吹奏《牧羊曲》——电影《少林寺》的主题曲。

星期天,刘老师常常留学生吃饭。中午 12 点,刘老师的爱人从公共厨房端出一大锅热气腾腾的白萝卜炖羊肉,刘老师则把靠在门边的折叠式小圆桌展开。羊肉上桌,刘丽荣似乎能听见周围几个同学吞咽口水的声音,其实,她也馋得不行。虽然中师的饭菜管饱,可是那个年头,大家的肚子里依然缺油水,常常觉得瘪肠寡肚。午餐每个人可以打三四两米饭,菜呢,翻来覆去就是那么几样,炒莲白、炝青菜、辣椒丝炒土豆丝,偶尔有豆角或胡豆。米粉蒸肉或凉拌猪头肉装在略比小酒杯大一点的瓦盅里。这样的肉菜五六毛钱一份,对从农村出来的孩子来说,一个礼拜打一次牙祭已经很不容易了。何况食堂不大,几个年级的数百名学生同一时间下课,排队的人群黑压压一片,打饭的两个窗口更是人头攒动,每个窗口前都有六七只手举着饭盒焦灼地伸向舀饭菜的大姐,大家纷纷喊:"我先排在这里的!""先给我打!"……一次,刘丽荣的一个室友好不容易在窗口打好饭菜,不想收回手的时候，满满当当的饭盒被一个拼命靠前的高大男生一下子打翻了。女孩子当场委屈得掉眼泪。

所以，刘老师的一大锅白萝卜炖羊肉，实在是这些还在长身体的孩子们稀罕的解馋物。

刘老师当然晓得学生们饿了，她爽朗地招呼学生们从柜子里取碗筷，自己拿汤勺舀着吃。刘老师那靠门的深红色柜子里，饭碗摞起来有一大摞，似乎是专为家中来客准备的。

"与其他的资深老师比，刘老师的屋里算得上简陋，没有城里已普及的黑白电视机，也没有一般城市家庭配备的缝纫机，唯一算得上时髦的东西，是窗边那台有四个喇叭的磁带播放式高配录音机。紧挨着它的，是一个用废纸板拼叠成的五颜六色的长方形小纸箱，里面挤挤挨挨的都是磁带，有王洁实和谢莉斯，有李谷一，有成方圆，有邓丽君，还有各种钢琴曲。"

吃饭的时候，录音机开始工作，小小的房间里立时响起欢快的音乐。刘老师举起筷子在桌上有节奏地敲着，嘴里轻轻哼着，眼睛微眯，一副陶醉的模样。同学们也伴随着音乐安静下来，任由看不见摸不着的愉悦悄悄地在狭窄的空间里流淌。

教心理学的王老师，让刘丽荣懂得应当如何与最不听话的一年级小学生相处。

王老师告诉大家，不要对那些叽叽喳喳的小孩有厌烦或恐惧的心理，他们的顽皮都来自对学校生活的新奇和渴望探索。因为活泼好动的特质，小学生不能整整四十分钟都把注意力集中到听课这件事上，他们只有十五分钟到二十分钟的注意力来关注一件事。作为老师，应该牢牢抓住这关键的一段时间，采取一些独特的策略，引导孩子们愉快地学习，引导他们探索认识周围的一切，以尽快适应新的学习环境，同时纠正他们不自觉形成的各种坏习惯。

"我曾经以为，教一年级的孩子就像带自己的弟弟妹妹一样，宠着他们就好。但老师和姐姐最大的差别是，在爱护小孩子的同时还要纠正他们的一些行为习惯，这是良好习惯慢慢形成的艰苦过程。"

重庆市第一师范学校在 1988 年以前，都是学制四年，给了学生更多学习和实践的机会。赵红记得，专业课程有语文教学法、数学教学法、语文基础知识、语言（语音语法）、算术理论等；素质教育方面的课程，有音乐、美术、体育以及各类兴趣小组；还有文化课，如代数、几何、物理、化学、文选与写作、历史、地理、政治等。

"与普通高中相比，课程更多，但不深，就是为了让小学教师做个万金油般的多面手。"赵红说。

在重庆市第一师范学校，许多细节都与教书育人紧密相关。

——每学期都有一周的公益实践课，大家被分成若干小组。赵红曾被分到生物组，在老师的带领下到生物实验室观察人工饲养的娃娃鱼，到后来被评定为国家级自然保护区的缙云山去辨识植物。触类旁通、见多识广本就是教师应有的素质。重庆的另一所中师，则以"学农"为公益实践特色，让中师生接地气。

——班级提倡互学互助，数理化成绩好的同学，逢期末考试便主动当起了小老师。

——整整四年的学制，见习从三年级便开始了。那半个多月，中师生来到重庆市区里的知名小学跟班学习。赵红的一位年级同学回忆道："毕业实习时，带教老师五十多岁，是一位看上去就颇为严肃的女教师。她要求我们每个人每门课都要上，实习同伴的每堂课都要听，要与班里每位学生至少谈一次话，实习成果汇报会要确保每位实习老师都登台亮相。"数十年后，重庆主城区大部分知名小学的校长，几乎都毕业于重庆市第一师范学校。

还有，中师的老师原来都有令人意想不到的另一面。

——声音很好听的语言老师，心里装着广阔的江河湖海。20世纪80年代，人们很少出去旅行，有的"80后"至今还记得自己第一次坐绿皮火车的那种兴奋，哪怕从A城到B城只有两个多小时，没有座位，就拿把小马扎在人堆里见缝插针。交通不便和经济匮乏，限制了人们走出去看一看的想法。新学期开始，同学们吃惊地发现爱美的语言老师变黑了，她听见大家好奇的议论，就当众宣布自己假期去了一趟海南。"哇！"同学们都惊呼起来，然后她面带微笑地讲述自己看到的大海、沙滩、明媚的阳光。

"那时有胆魄出远门旅游的，就算今天说的'潮人'。"

——数学老师是个五十多岁的老头，乍一看执拗又古板。

一天，去过他宿舍的男同学告诉大家，这个老头屋里有可多的武侠书了！20世纪80年代中期，小学生最喜欢的是连环画，中学生喜欢读武侠小说，来自香港的电视剧《射雕英雄传》在内地很火爆，金庸、古龙的作品风靡一时。这个发现太劲爆了，同学们的心都痒痒了。于是，赵红和几个同学常常以请教功课为借口，到数学老师位于男生宿舍楼上的房间去，偷偷摸摸翻阅他搁在书架边边角角的那些武侠书……

刘凤在重庆市第一师范学校的学习生活，既有快乐又有遗憾。

刘凤遇到了一位很好的语文老师。她还记得，这位老师在朗读《孔雀东南飞》时那种沉溺其中的表情——诗文是另一片瑰丽的世界，当一词一句深入心中，我们已然穿越现实来到那里。在语文老师的引导下，原本就喜欢写作的刘凤开始学习写作古体诗，这是她在中师的一大收获。

遗憾则有二，一是未能选修到心仪的音乐，二是没能评上"三好学生"。

刘凤一心想要选修的课程是音乐而不是美术，虽然美术可以学到新奇的水彩画和水粉画。音乐老师认为她的先天条件不适合学音乐，"瞧，你的手指甚至够不着八个键呢！"最终，她只能选修不大喜欢的美术。

中师几年，虽然刘凤的成绩一如既往地名列前茅，但体育严重拖了她的后腿，有的项目甚至差点儿不合格。像八百米长跑，后半段她喘着粗气，腿就像灌满了铅，每挪动一步都要使尽浑身的力气。最后，几个同学拽着她，一路鼓励她最终达到终点。正是由于体育成绩差，刘凤始终没能拿到"三好学生"，只获得了单项奖学金。

中师设有很多奖励。其中，最高的荣誉就属刘凤求而不得的"三好学生"。在毕业于湖北某县中师的罗成飞的印象里，20 世纪 80 年代末，当时学校设置的课程有政治、文选、语基、代数、几何、写字、小语教法、小数教法、物理、化学、卫生、心理学、教育学、音乐、美术、教育实习、普通话等二十多门，每个科目考试（考查）八十五分以上，体育技能八十分以上，就可以作为"三好学生"候选人进入"票选"阶段。实际评上的比例大约是百分之三十，竞争很是激烈。

对每一个中师生来说，"三好学生"含金量十足，不仅有奖状，还有一笔对学生娃来说不菲的奖金。

罗成飞的成长道路可谓多灾多难。他出生在场镇上，父亲是一位农技员，母亲是镇上供销社的售货员。那个年代都是多子女家庭，父母忙不过来，只能让家里的大孩子帮忙带小孩子。十一岁的姐姐带着三岁的他到小溪里洗澡，竟然失手把他掉进水里，虽然手忙脚乱拽着腿给拉上岸，可他的脸憋得青紫。路过的阿姨帮着拍后背，罗成飞吐出几口水，半晌才哭出声。这之后罗成飞常常发烧咳嗽，身子骨很弱。十一岁的时候，他在学校跟同学打闹，不幸跌断了一条腿，养了一年多才算好全，自此就不太敢快跑。

与刘凤一样，体育成绩达到八十分，对罗成飞来说，是无比艰难的一件事。中师一年级结束，他每门功课都出类拔萃，唯有体育拖了后腿。二年级，学校里兴起了一股乒乓球热，邓亚萍、乔红、马文革等是学生们心中的体育偶像。学校在操场边建起了八张乒乓球台，体育器材室在课余时间都能出借乒乓球和球拍，学校和年级都组建了球队。罗成飞个子小，但动作敏捷，乒乓球的打法学得很快，几下直板横拍让对方措手不及。乒乓球台前的左蹦右跳，他并没有感到受过伤的腿有何不适。很快，他成为学校乒乓球队里的佼佼者，甚至还与队友一起参加了县里的比赛。乒乓球给他的激励，让罗成飞喜欢上了体育运动，包括长跑和引体向上。

每天早晨5点，罗成飞便静悄悄地穿衣起床，然后摸黑下楼，与几个约在一块锻炼的同学在操场会合。那时，学校的操场不大，也就是四百米左右的不规则跑道，上面铺着煤渣，胶鞋踩着吱吱响。每天早上，他们都要跑个八圈，大概三公里多。前三圈跑起来还好，后面就要依靠不断调整呼吸节奏和自身耐力来完成。跑完步，天还没完全亮。运动让罗成飞的头脑格外清醒，一天都不疲乏。

有人喜欢跟罗成飞抬杠。罗成飞刚在乒乓球台上三局两胜赢了那个高个头的男生，那个男生回过头来脱下外套就要在单杠跟前跟他比引体向上。在一群人的围观下，那个男生一分钟做了二十三个，罗成飞则做十二个。那个男生带着胜利者的笑容扬长而去，罗成飞盯着他的背影，暗暗发誓：下次一定要赢了他！从此，每天一早和下午放学，罗成飞都要特意练习引体向上。二年级学期快结束，罗成飞喊住那个男生又比了一次，这回他做了二十六个，那个男生依然只做了二十三个。他赢了。

也是二年级期末的体育能力考查，不论是长跑、短跑、引体向上，还是跳远、掷铅球，罗成飞的所有项目的成绩都是优秀，平均分甚至达到九十。从二年级到三年级，罗成飞连续两年都是学校"三好学生"。

"我在中师学到了几门手艺，包括组装半导体收音机和外语。"王哲兰说。

20 世纪 70 年代，看到乡场上有老汉手持半导体收音机听广播，王哲兰非常羡慕，于是就打算自己动手组装一台。因为经济条件有限，他只能买来最便宜的元件，但捣鼓了一番却失败了。做了民办教师之后，生活压力使他只能把心里的小火花暂时藏起来。

在民师班，看同学们都对组装半导体收音机很感兴趣，教物理的黄老师便决定满足大家的心愿。一次实验课，他带来一大箱元件和工具，展开线路图，详细讲解那一个个编着号码的电容、电阻，指导大家拿起烙铁、锡条，粘上松香，对着线路图将元件一一焊接到位。黄老师还给大家展示了他组装的半导体收音机，不但能收听电台节目，接上电唱机后扭动转换开关还能发射电波。用一个铜环接上一个灯泡，当铜环靠近收音机时，灯泡居然亮了。有了黄老师的示范，班里每个人都成功组装出一台收音机。扭开开关，一阵沙沙声之后便传来中央人民广播电台播音员甜美的声音，王哲兰激动得直拍手。这套技能他一直牢记并常常实践，如今退休了，他还是某个半导体无线电论坛的活跃分子，常常向网友展示自己最新的制作成果。

"英语是我自学的。"王哲兰说。

1994年，有英国来的教育专家在县领导的陪同下来到王哲兰执教的村小考察。虽然有随行翻译，但王哲兰仍然能轻松自若地与外宾对话，甚至主动邀请外宾到家里去坐坐。农家的午饭桌上，他向外宾展示了江浙的特色糕团、东坡肉和油焖春笋。

当年，时代的种种变化，让读中师的王哲兰感到外语的重要性。中学时，他学过英语，当了数年的民办教师，原来记的那些单词几乎都忘光了。他特意到书店买回来初高中的英语课本，又用自己组装的半导体收音机接收电台的外语广播教程。民师班两年学习期满，王哲兰已经自学完中学英语课程，转而向专业英语进发。2002年，他所在的村小率先开起了小学英语课。在英语教育专业的师专生到来之前，王哲兰足足教了两年英语。

值得一提的是，从1978年到2000年这二十多年间，外语在中师课程中的缺失。以办学条件更优越的重庆市第一师范学校为例，赵红那一届有六个班，也只有一个班开设了外语课。有人认为，中师开设了诸多课程，却偏偏把"英语"给舍弃了，这是一个很大的失误。

首先，中师不开设英语课，给中小学教育带来了师资的短缺。20世纪80年代中后期，全国都出现了市县教育局抽调大批中师毕业生去各级教育学院培训英语的情况。因为那时从城里到乡下的初中，都缺英语教师。尤其是在乡村，民办教师不会英语，刚毕业的中师生没有学英语，只有师专生可以教英语，但许多师专生又依仗着大学生的身份不愿去乡村中小学教书。后来的几年，乡镇初中便有了许多操着一口蹩脚英语的外语老师，他们大多能写不会读。这些大多是临时培训出来的中师毕业生。

其次，后来的许多年，大多数中师生都为外语水平受限而烦恼。一则，中师毕业从教后，向上进修专科和本科，参加成人高考时，都离不开英语。二则，中师毕业生要从执教的乡村学校走出来，一种方式是通过自己的业绩调到城镇学校，另一种方式是通过学习，取得更高的文凭突围到大城市和其他行业。这时，英语就成为他们人生发展的瓶颈。因为英语，许多中师生梦断求学之路。

也正是由于中师学校不开设英语，教育系统在二十多年前采取了补救手段。比如，在师范专科学校和教育学院组织英语培训班，用行政力量将这一缺失在几年间基本弥补了。

有人认为，20 世纪八九十年代中师缺失外语，也与当时的小学尚未开设外语课程有关。

2001 年，《教育部关于积极推进小学开设英语课程的指导意见》（以下简称《意见》）提出："为了贯彻党的十五届五中全会和第三次全国教育工作会议的精神，进一步落实'教育要面向现代化，面向世界，面向未来'的战略指导思想，教育部决定，把小学开设英语课程作为 21 世纪初基础教育课程改革的重要内容。"

《意见》里推进小学开设英语课程的基本目标是："2001年秋季始，全国城市和县城小学逐步开设英语课程；2002年秋季，乡镇所在地小学逐步开设英语课程。小学开设英语课程的起始年级一般为三年级。各省、自治区、直辖市教育行政部门可结合实际，确定本地区小学开设英语课程的工作目标和步骤。"同时，《意见》还提出："在积极推进小学开设英语课程的工作中，要保护和支持日语和俄语等其他语种的外语教学。鼓励以其他语种作为主要外语课程的学校办出自己的特色。积极支持双外语等教学实验活动。"

也是在 2001 年 12 月 11 日，中国正式加入世界贸易组织（WTO）。虽然加入世界贸易组织并没有要求中国的学生必须学习英语，但加入 WTO 后，中国的国际贸易和国际交流大大增加了，因此英语的重要性也日益凸显。

二 静悄悄的初恋

刘丽荣在中师二年级时遭遇了人生中的第一场爱情。"严班长"，刘丽荣在我面前如此称呼那个男生。

严班长是刘丽荣班里为数甚少的来自市里的学生，是个委培生。在入学前，他已经与某区教育局签订了协议，毕业后回区里的小学任教。严班长这样的情况，在整个年级五个班两百多人里，有二十来个——除了与地方教育系统签委培合同的，还有与国企教育处签的，就像刘凤那样的情况。20

世纪 80 年代，一些拥有数千甚至上万职工的大型国企，地处偏远郊区，为了方便职工子女就近入学，就办了幼儿园及子弟学校，有的因为分厂众多，甚至办了好几所子弟学校。这些子弟校小学、初中、高中俱全，全部由国企的教育处管理。20 世纪 90 年代中后期，国企改制分流，一些原本教学质量好、升学率高的子弟学校又被当地教育局接收，成为后来挂牌的重点小学或重点中学。

严班长的父母都是市里某知名小学的高级教师，他从六岁就开始拜师学习书法，还喜欢朗诵。与众多农村学生一样，刘丽荣从未练过毛笔字，一说普通话就带着很重的乡土腔调，于是，长相清秀、多才多艺的严班长就成了她的偶像。中师尤其强调教师的"三笔字"，刘丽荣的粉笔字、钢笔字慢慢练出来了，毛笔字却始终掌握不到要领。于是，严班长成了刘丽荣的"小老师"。那个春光明媚的下午，为了纠正刘丽荣的握笔姿势，严班长便手把手教她。他的手轻轻覆上她的手，一笔一画地教，她感受着他手臂的力量和手心的温度。虽然看不见严班长的眼眸是否闪闪发光，但刘丽荣隐隐听见了他剧烈的心跳声，两团红晕悄悄爬上她的脸颊。虽然是在教室里，周遭很嘈杂，而且手把手教的也不少，但别样的情愫在两人间已悄然而生了。

严班长和刘丽荣恋爱了，但是必须保密。虽然中师生很快就要走上社会，但这三年的学习时间很短暂很宝贵，且对中国的基础教育意义重大，所以中师与普通高中一样，严禁在校学生谈恋爱。严班长与刘丽荣作为情侣，最大尺度的接触也就是拥抱和牵手。严班长试图亲吻刘丽荣，但被她断然拒绝了，因为她听说接吻是会大肚子的。那时的中师没有生理课，只有健康课，健康课的老师并不讲与生殖系统有关的知识。

几年后，刘丽荣在那个由五间砖瓦房构成的村小教书，除了教语文，还教思想政治和生理课。她坦率地告诉孩子们，你们是从妈妈肚子里生出来的。就这样简单的一句话，就有村里的嫂子专门到宿舍找到她，说："妹子哟，你咋能给娃儿讲这些东西，他们那么小，你说多了，他难免东想西想，想歪了，就坏了。"可也就是那一年，她班里一个十三岁的女孩子真的莫名其妙大了肚子，家长和老师再三追问，才知道挑水果零食到村子里售卖的那个中年男人，经常在下午放学后和她在一座废弃的房子里"做游戏"，游戏结束就有糖吃……可惜，那个糟蹋小女孩的男人早已逃之夭夭。女孩被自觉颜面尽失的父母送走，从此杳无音信。

严班长与刘丽荣悄悄地、中规中矩地谈着恋爱。在这期间，严班长甚至邀请刘丽荣到家里做客，当然，还同时邀请了六七个平时玩得好的男女同学。严班长的家，在市教育局的家属楼里，有一百平方米左右，在当时的城市住房里算是宽敞的。屋里铺着朱红色的木质地板，进屋就要换鞋。布袜上的破洞和补丁，让刘丽荣很不好意思。客厅里，电视机正在播放港剧《霍元甲》；气派的收录机旁还摆着一个大花瓶，里面插着塑料做的牡丹花。看到这些，她立时感到一种差距，不仅仅是家境。

午饭时，严妈妈看刘丽荣喜欢吃红肠，一边不断给她夹，一边说："这的确是个稀罕物，哈尔滨那边的朋友带过来的，这里都没有卖的。"

"你妈妈真好。"返校时，刘丽荣小声地对严班长说。

"那你争取留在城里吧。"严班长立刻鼓励她。

刘丽荣羞涩地点点头。

在中师，没有人敢松懈，因为前面的路还很长，冒险谈恋爱的似乎不多。所以访谈中几乎没人给我讲起这方面的故事，就算问起，也会摇摇头，讲一些"道听途说"。

"我没有谈过，我现在的爱人，是毕业后家里人介绍的。我只是听说年级里有人在谈，具体怎样，我不大清楚。"

"中师毕业分配，如果老师知道谁跟谁在谈恋爱，就会有意把这两个人拆开，一个分到 A 县，另一个分到 B 县。两地相隔上百里地，以前交通不发达，一个月也见不上一面。"

"大概是 1995 年，我们上一个年级有女生和社会上的人偷偷摸摸在一起。女生怀了孩子，做手术出事让学校知道了，就被开除啦。"

给我讲自己的校园恋情，除了刘丽荣，还有 1997 年毕业于江苏某市中师的朱婉妹。在这里，我把朱婉妹曾经的校园恋人称为"吴同学"。

朱婉妹与吴同学都来自苏北农村。中师开学后的第三周，刚刚组建的年级学生会召开第一次会议，大家分别做自我介绍时，朱婉妹才发觉，虽然分属不同的村子，但自己家离吴同学的家只有几里路。她很惊讶,自己以前竟然从没见过这个长相俊俏、说话语速极快的同龄优秀男孩。或许,因为他俩一个在县中学读初中,另一个在乡中心校读初中,又都是住校,所以未曾碰过面。再者,那时乡里每年考上中专中师的孩子也有好几个,不算很稀罕。

从 1993 年开始,乡里陆陆续续考出了大学生。1995 年,朱婉妹邻居家的孩子考上了华东师范大学。邻居得到这个好消息的时候,正值朱婉妹暑假回家。"还是念大学好,师范大学读出来可以教高中生呢。"朱婉妹跟父亲说。当初,她也想过考进县中学读高中,然后再考省里赫赫有名的南京师范大学,但家里经济条件不好,父母希望她早点吃上"皇粮"。

吴同学是年级学生会主席,朱婉妹是副主席,两人是同乡,又因为常在一块组织活动,便渐渐熟识了。吴同学与朱婉妹一样,原本也是渴望读高中考大学的,迫于家里经济条件才念了中师。朱婉妹和吴同学都爱好唱歌跳舞,还一起参加了学校里的合唱团和交谊舞队。在年级里闪闪发光的两人,情愫暗生。

吴同学向朱婉妹表白,是在一天晚上合唱团的排练结束后。那天是为了学校里"一二·九"文艺会演准备的彩排,所有人都穿着表演服。因为舍不得那么快说再见,两人便聊着天像往常那样,不约而同地走向一条岔道。从小礼堂到学生宿舍有一条直路,六七分钟便到了,但从小礼堂往前走几步再右转踏上一条林荫路,曲曲折折则要十多分钟才能回到宿舍。夜里这条林荫路人很少,路灯昏黄,少男少女都怀揣心事慢慢走着。吴同学说："小婉，你今天的这身长裙很好看。"

"这长裙又不止我一个穿，女生们都穿这一身呢！"朱婉妹说。

"你和她们不同……你，最好看。"吴同学有些慌张，他努力地想表达出一层言外之意。

"你逗我玩呢！"朱婉妹到底听出了这层言外之意。幸而是夜晚，沉沉的夜色和微弱的光亮，遮掩了少女脸上羞涩的红晕。

突然，吴同学拉住了朱婉妹的手。在她扭过头差点儿叫出声来之前，吴同学压低声音说："你无论什么时候在我眼里都是最好看的。因为，我喜欢你。"

这是朱婉妹第一次听到男孩子的表白。慌乱中，她企图挣脱，吴同学却紧紧握住她的手。她看了看四周，赶紧说："别这样，别人会看见的。""周围没人呢。"吴同学笑了，一切似有预谋。闻言，朱婉妹没有再动。两人手牵着手，一直走到这条岔路的尽头，隔着一个小操场，对面就是女生宿舍。吴同学放开朱婉妹的手，说："咱们今天就算确定了，你是我的女朋友。"朱婉妹看了他一眼，快速跑掉了。

中师一年级上学期，他们便恋爱了。

1994 年，国内大部分国有及大批非国有企业均面临严重生存困难，失业和下岗人员增多，农业也面临深刻危机又遭遇灾害。这时，加之高等教育已出现一个严重问题：其发展速度和规模尚不能满足人民群众接受高等教育的需求，也与市场经济的快速发展不相适应。与此相对，参加高考的学生越来越多，考上的人也越来越多。中专、中师包分配的那些年，在初中生填报的升学志愿里，中师是第一批次，中专是第二批次，普通高中（包括重点高中）是第三批次，到了 20 世纪 90 年代中期，许多初中生直接跳过第一批次、第二批次，选填高中。那时，考入中师的学生已不全是优秀学子，也有比上不足比下有余的成绩中上的"淘气孩子"。20 世纪 90 年代中期社会风气已经开放，虽然中师明令不准恋爱，但私下里依然有人不断犯禁。

朱婉妹和吴同学很少约会，在公开场合，他们也特意拉开距离，以免被人看出端倪。每周一的学生会，朱婉妹专门坐到离吴同学很远的位置上，和几个女生挤到一块儿。参加合唱团的活动，两人商量好前后脚到，结束时也是一个先走一步，然后再到岔路口会合。但就算如此隐秘，也有人撞见他俩夜里手牵手。朱婉妹几乎每天都是宿舍里最晚回去的人，室友们都猜测她有了男朋友。

中师二年级上学期，朱婉妹有一门课考得不太理想，甚至影响到拿奖学金。班主任找她谈话，特意提醒她："咱们学校最优秀的毕业生，可以保送到省里的师范大学，但要从一个中师生变成师范大学生，必须保证中师三年门门课程优秀，三年都是'三好学生'，综合测评在年级名列前茅，最好还能拿全国奖项。你是最有希望的，千万不要因为其他不重要的事情牵扯了精力。"班主任把"不重要"三个字咬得特别重。

1995 年，同学中间流传着将来中师毕业不包分配，后面再入学的中师生也要交学费的说法。朱婉妹半信半疑。她所知晓的，是市里的三所省重点高中，都在四处掐尖，甚至掐到了她们县城里。在最好的县中和县一中，全国数理化竞赛一二等奖获奖者和年级前三名如果愿意到市里读高中，学费全免，另外还补贴生活费，甚至给陪读的家长提供住宿。

1995年夏天，市里的某重点中学在校门口张榜，公布那年本校的高考上榜人数以及考取全国知名大学的学生名单。也就在1995年，"211工程"由国务院批准后正式启动，年底，国务院和教育部公布了全国第一批十五所"211工程"重点建设大学。1996年夏天，考取这些"211工程"大学的学生的名字，便及时出现在这所重点中学门口的红色横幅上。1998年5月，"985工程"又被提出，旨在建设若干所世界先进水平的一流大学和高水平大学。

朱婉妹和吴同学都明白，种种征兆表明，中师生的光荣岁月就要过去了，读大学才是最好的出路。与其毕业后去了某个偏僻的乡村小学，再通过函授或成人教育拿张含金量有限的大专文凭，还不如争取保送到师范院校，做个正牌的师范大学生，以后出来就可以直接教中学。

这所老牌中师，20世纪80年代中期，每年就有一到两个保送指标，但那时的保送带着委培性质——从师范院校毕业后，要回到中师任教。不仅仅是这所中师，全国有保送指标的中师都实行这样基于本校师资匮乏而形成的规定。20世纪90年代初，师范院校的"中师保送生"开始与普通师范大学生一样，由学校分配到不同的地区，再由地区具体分派到任教中学。虽然"出口"发生了变化，但保送指标依然非常少，一个年级最多就是两个。

朱婉妹和吴同学都存了争取"保送"的心思，毕竟他俩每年的综合测评都在年级前十，都担任学生干部，也是连续两年的"三好学生"。当然有人比他们更优秀，陈同学不仅年年位居综合测评第一，而且还有一个"好出身"——父母都在这所中师教书。他的父母甚至还有一段在校园里流传的求学故事。据说，陈父原是苏北乡村的民办教师，陈母则是高中肄业的上海知青，他们 1974 年结婚。1975 年，陈父被公社推荐读了地区师专。为了追随爱人的脚步，要强的陈母在 1977 年冬天参加了高考，一举考上丈夫就读的师专。陈母怀着身孕上了大学，1980 年的初夏生下孩子，甚至连期末考试都没有耽误，只在暑假休了两个月的产假，之后把孩子交给婆婆，便继续上学。两年后，成绩优异的夫妻被分到这所中师，一个教数学，一个教语文。陈同学的围棋也特别棒，甚至拿过全国的奖项。所以，保送的指标一定有一个属于他，其他人只能去拼剩下的那一个。

朱婉妹曾经向吴同学含蓄地表达过，她对这种竞争的忧虑，担心他俩未来也会是对手。

"这个没什么担心的，如果只剩下一个指标，在你我二人当中选一个，那我就主动退下来，把这个名额让给你。"吴同学说。

中师三年级，为期近两个月的实习结束，符合保送硬件条件的优秀学生都付出了最后的努力。又过了一段时间，有老师向朱婉妹透露，学校已确定她和陈同学为保送人选。就在她有些难过地想着毕业后如何与吴同学继续在一起时，吴同学却突然出手杀了所有人一个措手不及——他评上了省里的"优秀学生干部"。得知这个消息，朱婉妹很诧异，与自己亲密无间的男朋友，从未告诉过自己他正在参加这样重大的评比。她理应祝贺他，但又觉得有什么东西硬邦邦地堵在心里。最终，吴同学和陈同学被保送到了师范学院。

"毕业后，我没有与他再联系过，他也几乎没有参加过同学聚会。"朱婉妹说。

1997年夏天，朱婉妹被分配到家乡的一所乡中心小学任教。三年后，在县里的青年教师赛课比赛中，她获得一等奖，之后接连被评为县市的"优秀班主任""优秀教师"。2003年被引进到市里的某重点小学，2008年担任该小学副校长。

2023年8月的中师同学聚会上，朱婉妹终于见到了二十多年未曾谋面的吴同学。吴同学告诉她，大学里他见识到了太多精彩的事物，所以觉得教书还是太单调，毕业后他先应聘到了省城的一家报社，之后又去了南方做传媒，亲眼见证了这些年媒体行业的起起落落。现在，他在做一个点击量动不动就"10万+"的自媒体。

三　我在中师究竟收获了什么？

见到罗成飞，是在湖北某地级市的一所小学里。据说，这所小学在当地名气很大，甚至一度带动了方圆三公里内学区房的蓬勃发展。

从车站出来，我坐上一辆在黄线外排队等候的出租车。我知道罗成飞所在的学校地处新区，新区的很多地方，对常跑老城区的司机来说，怕还是陌生的。所以，上车后，我就请那个看起来很年轻的司机先打开手机导航。他问我去哪里，我说去某某小学。他笑着说："那还用开导航，几乎每个司机都知道那里呢。"

从车站到学校，有二十多分钟车程。穿过老城，然后跨过一座大桥——桥下是长江的一段支流，再绕过正在建设的工地——未来的一个庞大商务中心，就到了十多年前建成的新区。罗成飞的学校原先在老城，为了支持新城发展，六年前便整体搬迁过来，对许多家住老城的学生来说，路上的时间要花费更多。家长们选择了就近购房居住，也有人举家在学校附近租房子。随着学校附近的人气增长，不仅房地产从中获益，配套产业也逐渐形成链条和规模，比如，形形色色的超市、饭馆、教培机构、娱乐场所……

出租车司机一边开车，一边兴奋地向我这个外地客人介绍这所小学，口若悬河、滔滔不绝。

进入新区，车子行驶在宽敞的八车道公路上，两旁是盛开着玉兰花和粉桃花的绿化带，处处是林立的高楼和商场，但几乎看不见路人，颇有些冷清。直到靠近学校，周遭才一下子现出了热闹的场景，街面上人来人往，各家店铺都有客人光顾。外墙贴着"艺术培训——国画、舞蹈、主持"的少儿课外培训班随处可见；年轻女孩手里拿着一沓沓花花绿绿的招生简介，殷勤地散发给路过的人。时值正午，卖小吃的路边摊生意很好，搁一旁的气球和小玩意儿，也有老人领着两三岁模样的小孩在打量。

"好学校在哪里，人们就往哪里跑，说到底，孩子的事最大。"司机告诉我，这所小学的老师特别负责又有丰富的教学经验，老教师很多，知名的初中招生指标给到这所小学的也很多，所以家长都希望孩子读这所学校，包括他自己。他的女儿刚满两岁，未雨绸缪，他计划在这一片买个二手房。

罗成飞站在校门口迎接我，穿一身运动服，额角还留有汗渍，黝黑的脸膛，乍一看就像个体育老师。但他的确给我说过，他教的是数学，是班主任，并且是数学教研组组长。

罗成飞似乎看出了我的惊讶，笑着告诉我，他刚才领着学生排练学校春季运动会的入场式。他们的方队行进到主席台时停下，然后进行一段近两分钟的健美操表演。这些年，他每年都亲自排练运动会入场式，而且他班里的学生拿下了许多项目的第一名。

"爱上体育，是我在中师最大的收获。我也把在运动当中收获的快乐分享给学生。"罗成飞说。

体育曾让罗成飞顺利地成为中师时的"三好学生"，但它的意义绝不仅仅于此。1988 年，罗成飞中师毕业，分配在一所乡中心小学，在那里一待就是十年。那个乡的领导头脑很灵活，张口闭口"时间就是金钱"。这句话人们耳熟能详，曾被誉为"知名度最高，对国人最有影响的口号"。1984 年，邓小平视察深圳时，对这句口号表示了肯定。有人说，中国走向市场经济正是从这句口号开始的。乡领导可不是只说不练。20世纪90年代中期,这个乡率先依靠养殖某种珍稀食用鱼而致富。据说,那种鱼只出现在高档饭店,一斤就三百多块。要知道,那个时候罗成飞作为有正式编制的教师,一个月工资还不到九十块。搞养殖场的村民动辄修几层高的新房,身上穿着五六百元一件的皮衣。口袋里有了钱的农民,看不上衣着寒酸、抠抠搜搜的教书匠,于是,话里话外都有了不尊重的迹象。罗成飞喜欢当老师,但他也知道,热爱与现实的碰撞,很容易让人郁闷,内耗会让人内心扭曲。他缓解坏情绪的方法就是运动,一早一晚在操场上跑步,周末就到附近爬山。教书很累,闲暇的时间通过体育运动出一身汗,就不会坐着想那些令人不愉快的事情,晚上倒头就睡。十年时间里,罗成飞创立了不下十种新型的教学方法,他的学生在全省乃至全国的数学竞赛中拿了很多奖。1999年初,他作为"省级优秀教师"被引进到市里的知名小学。这件事在县里还引发了轰动。

罗成飞带着我去教师食堂,他已经把九个不同年龄的中师生集中到一张僻静的圆桌上。

"边吃午饭边聊天,大家更放得开。"罗成飞解释道。仔细想想,这一路上的访谈,真有不少是在餐桌上完成的。

教师食堂在教学楼一侧,需要穿过一楼那条狭长的走廊。学生们刚刚吃完饭,正陆陆续续回教室。因为学校没有住校生,所以也就没有专门的学生宿舍,学生午休的宿舍正在改建。1998年前后,建的那栋单身教师宿舍,将在三个月后作为学生们午休一个多钟头的地方。学生们迎面遇见罗成飞和我，停下，拖长了声音喊："老师好！"然后嘻嘻笑着跑开。

走廊一旁通向地下仓库的阶梯上，两个女孩子正一边说笑，一边各捧着一碗方便面吃。罗成飞看见了她们，便走过去，问她们干吗不好好吃饭，偏在中午吃方便面，又说方便面没有营养而且对身体不好。一个女孩怯怯地看向罗成飞，另一个女孩则大着胆子跟罗成飞解释，食堂的饭菜吃腻了没胃口，所以到小超市买了点儿辣味的方便面，倒换倒换口味。

"这样不好呀，下不为例！否则我告诉你们班主任老师，让她批评你们！"罗成飞很严厉地说。

离开这两个女孩，罗成飞又换了一副笑脸。

"这两个学生你认识？"我问道。

"不认识。对一个老师来说，学生都应当教导，不管是不是自己班里的。就像我中师时的乒乓球教练，他是体育班的班主任，但他对我们这些普师班的学生从来都是该管就管。"罗成飞回答。

到教师食堂的时候，里面的人已经很少。食堂窗口的一溜儿菜盆也都见了底儿。靠着墙角有张大圆桌，已经围着坐了一圈，大多是女老师。我们朝那头走去，他们便一起看过来，脸上都带着笑意，以及对陌生"作家"的好奇。

坐下，我方才发觉桌上已经摆了三大盘荤菜和两大盘素菜，还有一大碗番茄蛋花汤。

"咱们食堂每天给师生提供三荤两素，饭菜简单，不要介意啊！"一位看上去三十岁出头的女老师一边热情地帮我盛汤，一边说。

罗成飞介绍道，这是翁老师，是 1987 年毕业的中师生。但是看上去，这位女老师表面上的年龄远远小于实际年龄。

"翁老师细致得很呢，担心你来得晚食堂没有菜，特意用盘子把饭菜都打起来。班里的孩子，哪一个是什么情况什么性格，接触不到三个月就清清楚楚了。"罗成飞说。

"其实我早先也不这样，读完中师，我才变得细心一些，或者说，更愿意去体察别人的内心。"翁老师说。

翁老师出生在县城里的干部家庭，人长得漂亮，自幼无论走到哪里，都有一堆人围在身边夸。考进中师，她的优越感被一点点冲淡，因为在满是尖子生的班里，她的成绩只能算中等偏上，比她好看的女孩子也多，唯有"干部家庭"的出身，能够让她引以为傲。

一段时间里，她在八个人的寝室里自我孤立着，不和那些农村女孩子主动交往，甚至家里拿来让她和同学分享的小零食，她也给了班里的男生——因为他们嘴巴甜会讨好。中师一年级下学期，她身上突然起了荨麻疹，从头到脚都有，奇痒无比。去医院开了药，有一种灰色的药膏必须擦遍全身，无论她在寝室里怎么努力，却始终够不到后背。隔着一层薄薄的蚊帐，室友们看到了她的窘态，于是主动提出帮她擦药。没人在意她背上那些令人起鸡皮疙瘩的密密麻麻的红疹子，室友一边帮她擦药，一边说乡下治荨麻疹有种土方子，用了不容易再犯。翁老师以为这位室友只是随便说说，哪知道她周末回了趟家，真的把那土方子用玻璃瓶装着带来了，顺便还带来了母亲亲手晾晒的红薯片。以前，翁老师经常被父母教育"不要随便吃农村人做的东西，不干净"，可是那红薯片她还真的吃了许多，直到现在，都没有再吃到比那做得更好吃的红薯片。那个土方子她也用了，疹子很多年都没有再犯。中师二年级，她跟室友都玩在了一块儿。其实，乡下人并没有父母所说的那么不堪。

中师三年级到县城小学去实习，翁老师念小学也在那里。巧的是，翁老师的带教老师正是她当年的班主任黄老师。黄老师整整带了她一个半月。黄老师告诉她："在小孩子跟前，我们要懂得察言观色。"班里有个一贯表现积极的女孩子突然有两天变得沉默了，似乎心事重重。翁老师让她起来回答问题，她还问："老师，你刚才说的什么呀？"气得年少的翁老师狠狠地训了她一顿。可即使挨骂罚站，那女孩子也一副无精打采的模样。黄老师注意到了这个小女孩的变化，对翁老师说："咱们去家访吧。"女孩的家就在城关镇，父亲在国营饭店里做厨师，母亲是农村来的，平时做点裁缝活儿。走进女孩的家，首先看到的是擦眼抹泪的婆婆，一问才知道，女孩的母亲已经失踪一个多月了，大家都说，她多半被人贩子给拐跑了。这不，连小女孩都知道母亲可能回不来了，很伤心。这时，翁老师才知道，平时活泼好学的小女孩为什么一下子变得魂不守舍。还有一回，一个小男孩突然屡屡偷同桌的课本，然后藏在垃圾桶里，或者埋到花园里的树下。翁老师很气愤地对黄老师说："这种行为应当请家长严加管教，小时偷针，大时偷金。"黄老师却告诉眼前这位满面怒容的年轻老师："他并不是存心偷盗，你看看，这些课本有什么用，值几个钱？如果说他存心偷，为什么偷了又要扔掉或藏起来？其实呀，这就是孩子的嫉妒心作怪。同桌每次考试都比他高一两分，回家后父母又要他向同桌学习，他的自尊心受挫，就想我偷了你的课本，看你怎么学习，看你怎么能考得比我好。我们要点破这一层，要让他用平常心看待人生的胜负。"一番话让翁老师恍然大悟。

翁老师的口才很好，在吃饭的间隙讲的故事很生动，甚至有很强的画面感。这样边吃边聊的确很接地气。前些日子，在为了采访而组建的"外地老师群"里，我专门提出了这样的问题：你在中师究竟收获了什么？结果得到了许多书面气十足的回答，比如："我在中师打下了厚实的小学语文教学基础。""我在中师做过学生会主席，早早参加社会活动，锻炼了我的组织能力。""读中师改变了我的命运，如若不然，我今天就不是一个小学教育集团的老总，而是与父兄一样，出门南下打工，二十年后两手空空归乡。"虽然这些回答透着真诚，却也未免过于宽泛，没有细节。

听了翁老师的话，其他人的话匣子也一一打开了。

"小学里组织活动是重头戏，我也是在中师当选文艺部长后才开始学着组织活动。比如，搞合唱比赛，每个班可以抽调多少人，如何协调排练时间，到哪里租借服装，以及临到表演前的上妆，都是有门道的。组织协调是一种本领，对班主任来说，这种本领尤为重要。"

"责任心吧，其实中师里的老师都用自己的一言一行诠释着这个，潜移默化地教导我们。'三笔一话'是中师生的重中之重。1994 年开始，中师生毕业要通过普通话测试。我的普通话带着很重的口音，语音老师就利用休息时间专门把我叫到办公室，对着课本，帮我一个字一个字地纠正发音……我的钢笔字写得不好，家里经济条件也很不好，书法老师把家里的硬笔字帖叠得整整齐齐送给我。后来，我在学校举办的硬笔书法比赛里获了奖，他自己又奖给我一支崭新的钢笔。"

蒋老师说，她最大的收获是得到了一个知心爱人。此言一出，圆桌周围的人都笑出了声。有人补充："那是，蒋老师的爱人很帅！又能干！"我说："他应该是你的同学吧？中师的地下恋？"蒋老师摇摇头："说起来，他既是我的学长，也是我的老师，是一定意义上的师生恋。"

蒋老师的丈夫现在是市里某局的二把手，人称"李局"。当年，李局由中师保送到师范学院，毕业后又回到中师做了校团委副书记。李局大学毕业那年，适逢蒋老师考入中师。没过多久，性格爽朗的蒋老师就被同学们选为年级团委副书记，开始与李局结识并慢慢熟悉。郎才女貌，他们互相欣赏，但也没有想更多。师生恋在校园里绝对不允许，何况那时李局已经交了一个女朋友。中师三年，彼此印象都非常深刻。数年后，李局的女友与他分手后出国，他也离开学校调进政府部门。此时，蒋老师从县里被选调到市里。两人在一次偶然的机会相遇，于是有缘成为夫妻。

"没有中师的相识，哪儿来后面的缘分。"蒋老师说。

第三章　跳不出的"农门"　|

一　离不开的乡土

据不完全统计，在 20 世纪 80 年代初至 90 年代末的中师生里，农村生源总体占到了百分之八十五左右。这些当年一心想通过考取中师，然后跳出"农门"吃"皇粮"的年轻人，毕业后百分之八十以上依然回到了农村，唯一不同的是有了一个干部身份。

"你看，我在这里教书已经快四十年了。最早在大山深处的村子里，后来到乡场边，如今在镇子上。但无论怎么走，都没有离开过这片熟悉的乡土。"刘丽荣对我说。

我见到她的时候是 2023 年的初冬时节。贵州的山乡历来是避暑胜地，最热的时候也不会超过二十八摄氏度，一入冬却寒气逼人。去年夏天，刘丽荣花了五万元买下镇中心小学斜对面的一栋两层小楼。这是一栋楼龄超过十年的砖混建筑，今年鹅黄色的外墙瓷砖常常掉落，不光有伤人的隐患，且形成的一块块灰色补丁，很不美观，所以刘丽荣趁着年前赶紧把墙面重新修整一番。坐在旁边的一家小吃店里，刘丽荣一边与我说话，一边不时地看向小楼。几个工人正吊着白色的安全绳在墙上重新粘贴瓷砖。从已经贴好的瓷砖看，这些新贴的瓷砖的颜色明显比原先的颜色深，乍一看很有些突兀。刘丽荣画画很厉害，按说应该擅长审美。

"其实你应该选颜色一样的，更好看一些。"我喝了一小口醪糟甜水，低声说。

"没事儿，还行。听说我要修补外墙，我教过的一个学生，现在在市里开装修公司做老板，非得免费给我弄，实在拒绝不了，我还是坚持材料自己买。这不，原先那种颜色的瓷砖不好找，如果我还坚持原来的颜色，又得让那个学生费心，将就一下吧。"刘丽荣说。

"怎么样，这醪糟好喝吧？你不喜欢吃鸡蛋，其实在这种醪糟水里卧上两个荷包蛋，才好吃呢！我还记得，当年我接到师范学校的通知书，以及第一次离家去城市里念书，都吃了一碗甜丝丝的醪糟荷包蛋。那种美妙的滋味、激动的心情，直到现在我还记得。"

刘丽荣又提起了记忆里的醪糟荷包蛋。

"是呀，说起四十年前的事，就跟昨天发生的一样，每一个细节都特别清楚呢。"她感叹着。

我对刘丽荣说："通过读书走出大山，是很多农村孩子通常所走的路子。数年寒窗苦读，一朝幸运地得到出去读书的机会，最后却是再次回到大山，只是身份由农民变成了'干部'。其实，对整个人生来说，一切并没有大的改变，与当初人们眼中轰轰烈烈的乡村女状元未来应该有的理想人生相比，似乎相差很远。"

"我年轻时也有过这样的想法。毕竟，最初回农村是因为中师当时的分配政策，分到县城的毕竟是少数。从村子来再回到村子，这不是我的选择。但从教以后的经历，慢慢改变了我的许多观点甚至执念。"刘丽荣回答。

从 1983 年开始，整整十五年的时间里，中等师范学校的培养目标被称作"面小向农"——着力解决农村小学师资不足的问题。所以，除了已有"婆家"的委培生，其他学生要真正离开农村到城市工作，概率不大。之前的"文革"严重动摇了中国教育的根基，不仅仅是小学，甚至中学师资也非常匮乏，像刘丽荣这般承前启后的 83 级中师生则是一块基石。我在公众号"中师生"上知悉，有的 83 级中师生不仅教过小学一年级，也教过高三补习班。

中师三年级，刘丽荣得到了去市里实验小学实习一个月的机会。她跟着带教老师，一边虚心学习一边努力寻找实践的机会。这里的带教老师总是信不过她们几个实习生，生怕打乱自己的教学计划，或是在某些重要活动上横生枝节，只把她们作为教学助手。但刘丽荣是幸运的，她的表现得到了带教老师的认可，一个月的时间里独自上了八节课，还帮忙组织教师文艺会演。原本，她是不参加合唱的，但临到比赛前一周，有个女老师恰好腿受伤请假退出，于是刘丽荣补上了。穿着表演服站在合唱队里，有那么一瞬间，刘丽荣觉得自己就是学校里老师们当中的一员，周遭的合唱者都是自己的同事，不论是两鬓斑白的，还是扎两条麻花辫的，或是烫着时髦卷发的。实习的日子过得飞快，卷起铺盖卷离开，她才回过味儿来：我只是一个师范生，未来尚不明确。

毕业时，与年级里的多数同学一样，刘丽荣被分配到家乡的一所乡村小学。这个小学的名字好听又洋气，却坐落在大山深处。从学校回家，步行坐车轮换，足足三个钟头。

"一般情况下，地区师范的毕业生分配，都是从哪里来回哪里去，但分到相邻的县也常有发生。这样来看，我总算回了家乡，也还好。"刘丽荣说。

那天下午太阳很大，大半个教室都被金色的阳光笼罩，少女刘丽荣的侧身也像镶了一道金边。她等着那个重要时刻的到来，虽然已预先知道不会称心如意。班主任用很快的语速宣读了分配方案。周围很安静，几乎没有人交头接耳。不管内心是否愿意，服从分配是必须的，否则工作关系、粮食关系和户籍就没有地方接收。刘丽荣一时没有回过神儿，长久坐着不动弹，直到严班长走过来轻轻抚着她的后背，说："以后有时间我过去看你。"

"他后来去看你了吗？"我问道。

"我们几乎再没有交集，也印证了校园恋情的昙花一现，再见面是若干年后的同学会上。十多年前，我们学校被别的单位接收，在推倒重建之前，年级的同学还相互邀约着去留影纪念。我去了，他也去了，我们都带上了孩子，想着让孩子看看父母原来读过的堪比今天'985''211'的学校。"刘丽荣说。

或许记挂着那段初恋，又或许对没有真正跳出"农门"不甘心，刘丽荣的内心抗拒着再回到乡下，何况她现在是回趟家都要兜兜转转大半天才能走出去的大山里。可是，抗拒又能如何？如果不接受分配，立时就成了"无业游民"，甚至连农村都回不去。刘丽荣想过学着村子里的哥哥姐姐去大城市找活儿做，也就是去做个盲流。可那时的盲流动不动就会被驱逐和收容。放眼全国，那时只有开放的广东呼唤农民工前来。可她连地级市都没跨出去过，一个十七岁的女孩子，又怎么敢只身前往人生地不熟的南方？

刘丽荣只对着哥哥发了一通脾气，便被哥哥一通批评："就算留在农村工作，可你现在是国家干部，你吃'皇粮'，农民土里刨食，身份待遇完全不一样。你不去上班，还能干吗？"

刘丽荣用一个词来形容看到工作单位时的感受：心惊。

是的，走了将近一小时的陡峭山路，她看到了今后将要长期执教的小学，就是三间平房外搭一间小小的灶房，教师宿舍在相隔五十多米的山坡上。那三间被用作教室的房舍看上去颇有些年头，歪歪斜斜的，一根横梁都弯了。墙上的白灰已经尽数脱落，露出墙体里的黄土和竹篾，一堆烧柴用的干树枝就靠在墙边。这样的条件，甚至远远不如刘丽荣的村子里当年忙忙慌慌新建的小学。一个头发花白的佝偻着腰的老头站在平房前的空地上，这是校长，在专门迎接她。

"我姓穆，其他三个老师还在上课。"校长向刘丽荣做了自我介绍。

这个小学一共有六名教职员工，校长、四位任课老师，加上一个采购和做杂活的大姐——她气力大，又肯干。校长和老师一样上课，同时还要兼任总务和会计。这几个人当中，只有校长和刘丽荣是有编制的正式老师，其他三位老师都是多年的民办教师，至于打杂的大姐则是附近的村民。这个学校承担了周边四个村子的小学教学任务。因为师资和校舍有限，两个年级将近六十人挤在一个教室里。一年级和二年级在一处，三年级和四年级在一处，五年级和六年级又在一处。教室里，老师讲一年级的内容，二年级学生就默默地温书做作业。反过来也如是。

初来乍到，一阵心惊之后，刘丽荣慢慢平静下来。在校长带她放置行李之前，她特意走到那排校舍边，隔着窗上的木栏向教室里看去。狭小的教室里，老去的民办老师在歪斜的黑板上写着算术题，底下一排排坐得密密麻麻连挪动身体都不大方便的学生听得异常认真，高一年级的学生则埋着头一丝不苟地做着上一堂课留下的作业。与她曾见习过的城市里的小学不同，这里没有人交头接耳，也没有人走神或做小动作。孩子们的年龄差距几乎一眼就能看出来，因为小的看上去八九岁，大的则有十二三岁。后来她才知道，这片深山里的孩子入学普遍很晚，读书是不易的奢侈的，女孩子读书就更难了。

刚开始，刘丽荣教语文、数学和美术，手工劳动课和美术课合在一起。在刘丽荣到来之前，这里没有老师会说普通话，他们都是操着一口方言在教语文，课本上拼音这一部分自然只能略过去。刘丽荣想起了当年自己在村小做的那些教具，于是她四处搜罗纸板，然后用灵巧的双手把声母、韵母做成图案摆件，甚至还用自己珍藏的水彩颜料给它们涂上了不同颜色。她从拼音的发音教起，然后是拼写规则。"j、q、x 小淘气，吃鱼要吃鱼眼睛……"用素白手帕扎着低马尾的刘丽荣在带着孩子大声读拼音，却不知有人悄悄透过朽坏的木窗给师生拍了几张照片。

或许是刘丽荣毕业那年《中华人民共和国义务教育法》正式实施，又或是那几张悄然流传的照片给县领导造成了某种震撼，校舍改建的资金终于下拨了。两间摇摇欲坠的土坯房终于在 1988 年暑假变成了结实又宽敞的五间砖瓦房，保留了一间相对坚固的土坯房继续用作教室。如此一来，每个年级都有一间属于自己的教室。六年级的人数最少，只有二十来个学生，所以六年级在保留下来的那间较小的土坯房里。

和初中毕业的那个暑假一样，穆校长和刘丽荣走村串户动员适龄儿童上学，同时做一些固执短视的家长的工作。那时，村民外出务工已经能见得到收益，有人拿着在广州港资工厂打工挣到的钱盖了新房，艳羡得没法的父母便想着让十来岁的孩子辍学出门打工。也是因为这样，越到高年级，学生越少。

"幺叔，你知道吗？明娃十四岁不到，小学都没毕业，出去打工是违法的，警察要抓的。国家规定，娃娃一定要读到初中毕业。"刘丽荣吓唬那些一心想挣钱的家长。有的时候，拿国家法律说事，也能起到作用。

9月份开学，一年级比上一学年又多招了二十多个人，六年级的课堂又留住了八个学生。这个学期，学校又来了两个中师生，其中一个来自美术师范班。刘丽荣教的课程有了调整，现在她教语文、思想政治和新开的生理课，同时担任五年级的班主任。曾经，有家长说她教生理卫生知识有些"过头了"，怎么能直接说"孩子是妈妈肚子里生出来的"，怎么能说"精子卵子结合"，怎么能说"蝴蝶交配产卵"？面对村民的质问，刘丽荣也曾经反省过，自己该不该在一群不懂事的小孩子面前说这些。那一年，班里有女同学在懵懵懂懂的情况下被人诱奸甚至怀孕了，刘丽荣又开始后悔自己没有及时把重要的常识讲给孩子们尤其是女孩听。不论是零食还是钱，都不能让人解开你的衣扣，因为尊严是无价的。

在山里的那几年，刘丽荣难得回趟家。哥哥带着村里的人一起修的那个大水库里的鱼儿肥了，一条鲤鱼动辄都四五斤重。哥哥心疼妹妹，总在她回来的节假日弄回一些鱼，给她补补身子。刘丽荣常常带着几条两斤左右的鲤鱼或鲫鱼返校，然后抽空做成咸鱼，在宿舍前的那块小坝子上晾成金黄的一串。如果是在初春，那块小坝子里会挂着好几串淡黄的萝卜干，宿舍墙根下也一溜儿摆着四五个大小不一的泡菜坛子，里头是蒜、藠头、青菜和脆红萝卜。咸鱼和各色各样的腌菜做成以后，刘丽荣会拿出大部分送到灶房，请大姐给孩子们的午餐加个菜。

"就大山深处的那么一所村小，在市里组织的作文比赛、美术比赛都拿过奖。"刘丽荣说。

20世纪90年代后期，学校附近几个村子里的人陆陆续续往外搬。一方面是年轻人出门打工挣了钱，在县城边买了房子，把老人孩子接出了生活不便的深山；另一方面是国家的"退耕还林"启动，县政府把世代住山里的村民安置到了山下。等到刘丽荣所在的村小搬迁到山下的乡场边时，山里的人家几乎搬空了。这所乡村小学还合并了另一所小学，从2002年秋季学期开始，一年级招收两个班，每个班四十多个人。2006年，采草药的人到山里去，说里面有黑熊、山猫和猕猴，野猪更是成群结队。

刘丽荣的丈夫老张是乡里农技站的技术骨干。他们相识于一次家访。那是1991年，刘丽荣到一个辍学的五年级学生家里劝说他的父亲让他复学，在屋里谈了将近一个小时未果。

"别人家的孩子都出门挣钱去了，我家孩子为啥不去？你能保证我孩子将来读大学不？你能保证，我就让他读。"那个学生的父亲态度很强横。

那天，恰逢老张到果园指导村民修剪枝条，那个学生的父亲听到院门外有人吆喝，也匆匆赶过去。不甘心的刘丽荣跟在他身后，一路追过去，不停地跟他讲道理。可那个生养了四个子女、矮壮倔强的中年男人就是不愿意搭理她。在一棵柑橘树旁，刘丽荣见到了老张，一个面皮黑黑的却极精神的高个头小伙儿。他在树旁的空地支起了一块小黑板，一会儿拿起一支粉笔在上面画图，一会儿又拿起剪刀给大家现场示范，哪几根枝条应该剪掉，哪几根枝条应当保留。技术员老张的讲解，虽然力求通俗易懂，可依然时不时会有几个专业词语。那个学生的父亲不明就里，不得不感叹"如今种树都得有文化"。不想他说的这句话被老张听见了，老张笑着说："现在这个时代，庄稼汉都要多学习文化知识。"刘丽荣趁机给那个学生的父亲做工作："你也知道了，现在种树都得有文化，大城市肯定就更不用说了。你家儿子到大城市去，没有文化怕也挣不到钱呀！不如先让他多读点儿书呢。"经过一番苦口婆心的劝说，那个男人终于同意让孩子回到课堂上。

回学校的路上，老张和刘丽荣碰上了。她感谢老张无意中帮了自己一个大忙。

"能帮到你这个敬业的老师，我非常荣幸呢！"老张说。

刘丽荣告诉我，她和老张属于闪婚，认识半年就结婚了。

三十多年来，老张一直为家里有一个好老师而感到很骄傲。他是 1984 年毕业的农专生，县里乡里都稀罕的人才。老张曾经有很多次机会调到县里，但为了照应刘丽荣，都主动选择留下来。

"我很难着家，除了上课，就是在办公室给落后的孩子讲题，或者去家访。老人孩子基本是老张管，我晚上回家就直接端碗吃饭。周末，家里时不时有学生过来，也是老张负责张罗饭菜。这个男人能干呢！"刘丽荣说。

其实，刘丽荣也有过调进县城教书的机会。那是 2014 年，她取得函授本科文凭之后。

说起来，一切似乎皆有预兆。那年，她提着那口跟了她三十三年的旧箱子赴贵阳参加集中学习，坐着一辆满载的客车从乡里往县里赶，在一侧是悬崖的盘山公路上，客车为了避让一辆迎面而来的小车，侧翻在悬崖边上。车祸发生那一刹那，刘丽荣并没有特别的感觉，甚至没有意识到车子翻了，只是突然觉得一阵眩晕，然后就斜躺在车窗边了，胳膊和膝盖火辣辣地疼。那口箱子跟碎裂的车窗玻璃一样，摔得四分五裂。待到她艰难地爬出车厢，站在路边，才震惊地发现客车的车头已经悬在半空中。刚被人从驾驶室里拉出来的司机浑身哆嗦，腿软得站不起来。好在所有人都平平安安。第二天晚上，在师范学院的宿舍里，刘丽荣一边用碘伏涂抹已经开始结痂的创口，一边在手机里给老张云淡风轻地说起昨天发生的事。怕家里人无端担惊受怕，所以刘丽荣并没有第一时间告诉他。

“没事儿就好，没事儿就好。不是有句话吗？历经大难，必有后福。”长吁一口气，老张才小心翼翼开口。“大难不死”被他改成“历经大难”。他原本要陪着刘丽荣去县里，可临时来了任务没去成。他实在不敢想象妻子在车祸现场饱受惊吓的样子，他很是自责。

“对，大难不死，必有后福。”刘丽荣呵呵笑着。

在集中学习期间，函授生也被组织去参观了省会城市里的几所知名小学。刘丽荣被他们的先进教育理念和教学方法所打动，每参观一处，都又拍照又记录。但刘丽荣并不渴望成为这里的教师，用她的话来说，人这一生的选择受到多种因素的制约。是的，刚从中师毕业的那几年，她常常想调动工作，初恋虽已不在但影子还留在心里，何况现实与"跳农门"的落差，实实在在摆在眼前。她最初的卧薪尝胆就是为了积累业绩离开山村，但随着时间的推移，学生的笑脸和家长的恳切渐渐成了她执着的原因，她也慢慢过了爱做梦、爱冲动的年纪。后来，她嫁给了要一直跟农民农村打交道的农技员，心也就安定下来了。当然，也有人在崭新的世界面前，心动不已。数年后，刘丽荣的一位函授同学从村小一路辗转，最终进了他们当年曾参观过的一所名校。

"老师最开心的事儿，就是找到自己的存在价值，以及被学生和家长认可并需要。"参观见学时，一位老教师的话说到了刘丽荣的心坎上。

刘丽荣长相清秀、穿戴洋气，一眼看上去很有气质，但她却觉得自己在大城市里始终有些无法融入。贵阳夜晚的璀璨灯火，总让她想起没有路灯的漆黑的乡村小路和打着电筒走夜路背课文的孩子，以及乡场边那栋红砖小楼—— 一楼厨房的柔和灯光下，老张刚刚把散发着特殊香味的木姜子放到烧着鱼的铁锅里。

几个月后，刘丽荣拿到函授本科文凭的同时，也收到了工作调动的通知——到县里新成立的某实验小学任教。这是教育局综合考察遴选的结果。据说，只有四名村小的正式老师获得这样的机会。

刚开始她没有想好去还是不去。但孩子们或者说家长们的消息很灵通，语文课代表送作业到办公室，轻轻问道："刘老师，听说您要走？"刘丽荣愣了愣，说："谁告诉你的？""我

妈说的，她说您要调到县里更好的学校去。您走了，我们就
要换老师，我们不想换老师。"语文课代表说。刘丽荣告诉他，
这件事还没有定，不要担心。闻言，语文课代表蹦蹦跳跳跑
回了教室。

"换老师"这个事儿，那些年在刘丽荣所在的村小频繁发
生。要不就是才来任教没两年的师专生脱产"提升学历"了，
要不就是好不容易弄来的师范大学生被政府调走了，再就是
有经验的老师调到了县里。从一年级到六年级，已经很少有
一带到底的班主任了。当然，刘丽荣已经连续带了几届。

那一段时间，村里人见到刘丽荣就询问她调动工作的事，
一般开口都是"祝贺祝贺"，但家长会在"祝贺"之外，表达
对"继任班主任"或"继任语文老师"的担心。每每有人问
起，刘丽荣就会微笑着回答："这事儿没定。"

老张是支持刘丽荣调走的。因为他觉得妻子在教学方面
的禀赋和成绩，需要也值得更好的平台。老张告诉刘丽荣，
不要犹豫，现在孩子快大学毕业了，老人身体健康，家里没
有什么事情值得操心，想去就去。

"我不大想去，我怕住进县城睡不好。"刘丽荣对老张说。

一个多星期后，刘丽荣专门找到校长，说："我过几年
就要满五十了，快退休的人到新学校也干不了几年，不合适，
还不如就在这里贡献最后的光和热。"

"可就是最后几年你也没待安稳呀，你看，还是换了一所
学校。"我说。

"不是换学校，是原来的村小没了。"刘丽荣说。

因为县里引进了两个大型食品加工企业，其中一个紧邻刘丽荣所在的乡，由此带动城镇人口不断增多，并在两年的时间里由"乡"改"镇"。城镇化使得一心想让孩子有出息的家长更稀罕城里的好学校。因此，有条件去县城读书的就纷纷去了县城，或住校，或在亲戚家借住，或买房陪读；再不济，也要在镇里念中心校。2018 年的新学年，村小甚至都招不齐一个四十人的班，生源状况很不理想，非常像 1986 年初秋刘丽荣刚成为一所乡村小学老师时的情况。当然，现在即使招生困难，村小的硬件条件也还不错。历史，总是处于螺旋式上升中。

2019 年，最后一届六年级学生毕业，村小停止办学，刘丽荣来到镇中心校。

"你看，镇子里多繁华呀，一点儿也不比县城差，退休了就在这里安享晚年。"刘丽荣说。

二　复杂的牵挂

在认识陈小伟之前，我先认识的是他的堂弟，上海某师范大学 97 级的韩宇天。那时，有人把韩宇天介绍给我，因为我正在写《我从村子来，回到县城去》。文章标题中的"我"，是自 20 世纪末开始，从村子里考进大城市、读完书又回到老家县城的一群大学生。他们在县城的工作，大多是有编制的，比如公务员、教师等等，也不乏回乡创业的体制外的人，当然，还有许多"特殊情况"。乡村与县城、来路与归途。这个非虚构，写的正是这群人这些年的来来去去。

韩宇天出生于四川遂宁农村，学的是数学教育专业。虽然乡下的父母支持他毕业后留在上海，但毕业前他设法联系了县城里的中学，毕业后回到县城，成了县中的高中数学老师。

"父母只有我一个孩子，他们半辈子曲折，我出生的时候他们已经将近四十岁。父母的家族人丁单薄，他们在乡里说话做事都小心翼翼。"韩宇天说。

大二的寒假回家，天气极湿冷，傍晚母亲喜滋滋地从外面回来，说在镇里集市卖自己做的年货又赚了将近五十块钱，这一年下来家里终于有两千块钱的积蓄了。韩宇天的父亲夸母亲能干，说晚上可以做点儿荤菜吃。韩宇天说咱们中午吃了腊肉呀，可父亲却记不得中午吃了些什么。

"父母老了，身边得有人照顾。"寒假过后，韩宇天心里的这个念头更加坚定。毕业回到县城，韩宇天有整整十年没有跟大学同学联系过，更没有出现在同学会上。消失的十年，韩宇天拒绝参加大学同学之间可能发生攀比的聚会，一心一意为了"让孱弱的父母过得更好"。2016 年，班级群里传出韩宇天在县里从市级"优秀青年教师"干到教育局长的消息。

"他们都说我做了县里的教育局长，但我只是有两年时间短暂去教育局帮忙，我的身份还是一个中学老师，或者说是一个幸运的高级教师。"韩宇天说，"所以，别人眼里的你，未必是真正的你，世上所有的悲喜并不相同。"

韩宇天认为，自己的堂兄陈小伟特别适合我的采访，于是替我联系了他。

韩家的上一辈只有两兄弟，因为贫穷和饥饿，韩宇天的大伯，也就是陈小伟的父亲，一路流浪去了资阳，在村里做了陈家的上门女婿。陈家在当地也是根基浅薄，何况家里没有男丁，乡村里吵架时常常被骂作绝户，在村里没有什么地位可言。陈小伟随母姓，自小就特别聪明，犹如陋室现宝石，陈小伟成了父母乃至整个家族的骄傲。1987年，陈小伟考上了当地中师。毕业时，他被分配到离家不远的一所乡村小学。这个学校是十里八乡口碑不错的完全小学。与韩宇天一样，陈小伟教数学。从教书开始，陈小伟一直担任班主任。

在整个县里的小学都还在头疼如何抓好基础教学时，陈小伟已经盯上了1986年开始的中小学"华罗庚金杯"少年数学邀请赛，他自己设法收集历年比赛题目，一边做题一边分析其中的规律。从1992年开始，不到二十岁的陈小伟开始领着一群乡村的孩子向赫赫有名的"华罗庚金杯"少年数学邀请赛冲刺。他明白，农村孩子一旦在这样的国家级赛事上有所斩获，那么县里乃至地区甚至省里的名校都会向他们伸出橄榄枝，他们的人生将会从此不同。乡村是个教育资源贫乏之地，要想改变这个情况需要抓住一切机会。陈小伟一直十分关注1978年3月中国科大创建的"少年班"，入读的甚至有十三岁的天才少年。在他看来，如果在小学时就以竞赛的形式训练学生的思维，努力学，初中阶段提前参加高考进入

"少年班"也不是不可能。1993年，陈小伟的学生开始获得名次，1994年，有两个孩子分获"华罗庚金杯"少年数学邀请赛二等奖、三等奖，后来都被成都的重点中学录取了。陈小伟甚至告诉我，他有一个学生在十四岁的时候参加了中国科大少年班的遴选，高考的分数都过了，却在安徽参加学校笔试时落选。据说，由大学数学教授给应试学生讲一堂课的新内容，然后出题现场做，这个孩子有一大半题目不会。条条道路通罗马，这个学生数年后还是考上了清华大学。

怕我不相信他的话，陈小伟翻找出一个笔记本，上边满满的都是学生们的联系方式。"你可以打电话问他们。"陈小伟说。他还拿出了厚厚一沓奖状，有"数学竞赛优秀组织者""优秀科研型教师"等。有一摞手稿，写满了他研究出来的"华罗庚金杯"少年数学邀请赛、"奥林匹克数学竞赛"的解题思路。多年来，他一直在寻求出版这摞手稿，可一直苦于无门。两年前，有一个出版社同意合作出版，但必须交六万块钱。这笔钱对乡村老师来说不是个小数目。陈小伟算了笔账，说："有这六万块钱，再添上点儿，我都可以在县城再买套房子了。"不过，有人伸出了援手——陈小伟教过的一个学生，现在在某个省级出版社当副社长，准备帮老师把这本书给出了，没有稿费，但也不用交钱。

正说着，陈小伟的电话响了，是妻子打来的，隔着手机能听见对方的话很急促。陈小伟边听边皱眉，说："没事儿，你让她先躺下休息一会儿，看能不能缓缓，我马上回去。"

原来，陈小伟的母亲心绞痛又犯了。这是老毛病了，起因是跟邻居吵了几句，为了别家的鸡到自家地里啄食了蔬菜，人家不但没道歉，还一副理直气壮的样子。对母亲心绞痛这件事，陈小伟和妻子已经有了惯常的处理方式——让母亲含一片硝酸甘油，然后平躺到床上，过一会儿就能缓解，如果不行，就得赶紧往县医院送。

陈小伟时不时住在学校的宿舍里，因为他要利用晚上的时间给竞赛组的学生讲题，或者帮着带年轻老师。事实上，他依然与父母住在一起，他是家里的顶梁柱，或者说是年迈父母的依靠。

与陈小伟那次的面对面交流就这么被打断了，几天后，他主动联系了我。

"那天你问我，有这么多成果为什么不调到城里的学校去？现在我告诉你，机会不是没有，但我确实无法离开，一是因为在这里我扎了根，学生们离不开我；二是因为我的母亲。"

陈小伟在当地赫赫有名。我与县里的小学老师聊天，说到数学教学，大家会不约而同地说："那个小学别看是村小，现在交通好了，还是有许多家长愿意送娃儿去读，关键是陈老师带竞赛有一套。"

这是村小老师陈小伟光鲜的一面，但他的生活还有另一面，把他紧紧地拴在这片乡土之上。采访中，有人告诉我，如果见到很优秀却至今仍留在乡村的正式老师，那么他们家里常常有一本难念的经。

陈小伟母亲的病，并非心绞痛这样简单，或者说，心绞痛只是陈母病症的一种表象。陈小伟中师一年级的时候，爷爷（外公）去世，比之数年前婆婆（外婆）去世，这次翻起了大浪。两个平时几乎不怎么来往的远房堂伯突然带着儿子们找上了门，说要拿走陈小伟的爷爷留下的东西，包括楼房和存款。因为陈母一个女人家，是不配继承遗产的，至于陈父就是个韩姓外人，更无权干涉陈家的事。面对一群来势汹汹的强盗般吃绝户的远亲，在一番说理哀求未果后，伤心欲绝的陈母哭喊着从厨房拿起菜刀挥舞，说要硬抢那大家就同归于尽。陈家院坝里黑压压地站着看热闹的村民，却没有一个人站出来说句公道话。陈父让两个女儿稳住母亲，自己跑到村支书那里请他帮忙。因为那群人是从外村来的，不论陈家在本村如何势弱，村支书也要帮衬本村人的。村支书领着十来个壮汉去了陈家，帮忙赶走了那些吃绝户的人。事后，陈父张罗了三大桌好菜好饭请客，又拎了三只肥母鸡送到村支书那里表示感谢。事情虽然过去了，陈母的精神却受到严重刺激，她时常神思恍惚，又特别容易被激怒。就像有一年，她去菜地施肥，远远看见邻居走过来，似乎眼睛圆瞪面带怒容，她便认为那老婆子是为了前天发生的口角今天来报仇了，于是她站起身，激动得口不择言地骂开了，直到晕厥过去。醒来，她却什么都不记得，就喊胸口疼。

　　过去很多年，陈小伟曾带着母亲四处求医，也没检查出是什么毛病。与之相应，陈母越来越离不开陈小伟。学校再忙，陈小伟隔两天总要见上母亲一面才能心安；而且，陈母也不能离开农村。2005年，在县城做生意的姐姐曾把母亲接过去，计划先住一个月，看看能不能习惯。那时，陈小伟已经在县里声名鹊起，正计划着调到县城教书，然后把母亲接到城里，给她换个环境。但陈母在县城里只住了不到一个星期便嚷嚷着浑身不舒服，吵着要回家，一回到乡下，便又精神头十足。陈小伟因此打消了调动的念头。

"况且，调动也不是大家想象的那样，做出成绩或者表现优异就可以从农村调到城里，这里面有很多因素共同作用。就像我的一个同事，连年都是县里的优秀教师，是同行公认的优秀班主任，就是县城里的小学争着要的这个老师，他的调动，却在教育局被否了。因为有领导认识他，觉得他性格有问题，偏执。"陈小伟说，"我不去搞调动，也省得这中间弄出什么不开心的事儿，对我，对我母亲，都是好事儿。"

陈小伟也曾给我说过，说他这个人就是个纯粹的教书匠，从不主动和领导套近乎，逢年过节从不给人送礼，更不会邀请谁在县城最好的饭店聚一聚。虽然教育局的领导都知道某村小有个数学老师很厉害，但未必能把人和名儿对上号。就像有一次开会，一位教学督导把陈小伟介绍给一位分管师资队伍建设的副局长，说："这是擅长指导竞赛的陈老师。"对方马上笑着说："见过的，在省里的表彰会上碰过面儿。"陈小伟立时很尴尬，因为这位领导说的，是另一位知名的数学老师，那人在县城教书。

2018 年，陈小伟带着母亲去成都看病，诊断出中度抑郁症。医生认为，胸口疼、头晕这些身体上的问题都是精神心理疾病的表象，可以对症下药，但一定要避免情绪上的大起大落。

"扎根乡野,陪着母亲,看着孩子们长出翅膀远走高飞,我打心眼儿里高兴。"陈小伟说。

王哲兰告诉我,前不久有贵宾来学校参观,依然是他去做的讲解。虽然他退休已经有几年了,但常常被请去帮忙。除此以外,他还是学校的教学督导组成员。

"别看这个实验小学这么气派,2014年以前真是不折不扣的乡村小学呢!我、父亲、大哥都在这里教过书,我和父亲待了一辈子呢!"

王哲兰世居的乡村,如今倒像是个花园别墅区。从高速路口下来,一路驶过大片稻田,便到了繁花似锦的江浙现代化的村子,一排排样式统一的三层小洋房按照规划在村道两旁整齐排列,街心花园、图书馆甚至民间博物馆在这里都能找到。王哲兰教了一辈子的小学就在村子里面。学校门口依然保留着那片竹林,风吹过,发出哗哗的声响。

"我爸说,这片竹林在清朝咸丰年间就种下了,是家族里一位举人种的,种在私塾前,象征读书人的风雅文骨。"王哲兰说。

每一次给外来客人做讲解,王哲兰都从这片竹林讲起,一直讲到他做民办教师时新盖的那栋三层砖瓦楼。在王哲兰看来,这栋楼有特殊意义,它在风化倒塌的旧址上重建,象征着教育兴盛的新时代来临。

1994年春天,已经通过"民师班"(中师的"民办教师班")实现了身份转变的正式教师王哲兰,在家里算得上宽敞的堂屋摆了一桌农家午餐，款待英国来的教育专家。不管是当季的油焖春笋、糯糯的江南糕团，还是肥而不腻的东坡肉、雪白的鲫鱼豆腐汤，外国客人都连声叫绝。

"这个地方很好，只是不如城市繁华，你以后要去城市吗？"那位英国来的教育专家问道。

"我就在这里了，一直都在。"王哲兰用流利的英语回答。

在王哲兰看来，家族世代所保持的耕读传家的传统得有人继承，虽然"耕"在这个旅游业发达的现代村落已渐渐消失，但维系在乡土上的血脉情怀却永远都在。王家就这两个兄弟做老师，哥哥中师毕业就幸运地分到县里教书，维系传统、照管老人的任务自然落在了王哲兰身上。当年在"民师班"读书，许多学生的理想就是"民转公"以后，设法离开乡村调到城市。王哲兰则只有一个想法，解决身份的问题，然后名正言顺地当一辈子老师。何况，哥哥所在的县里的重点小学，那里的教学方法几乎已经模式化，容不得太多的"标新立异"，而王哲兰所在的乡村小学，还是一块可以尝试自己想法的自留地，既可以"种土豆"也可以"种白菜"。2001年，《教育部关于积极推进小学开设英语课程的指导意见》提出，把小学开设英语课程作为21世纪初基础教育课程改革的重要内容。王哲兰在两年中师期间自学的英语一下子派上了用场。2002年，他第一个提出在村小开设英语课，又跑遍了大城市买到了沿海地区孩子们用的小学英语课本，之后他这个语文老师兼任了一年级四个班的英语老师。虽然刚开始每个班每周只有两节英语课，但事情却扎扎实实做起来了。直到两年后，有英语教育专业的师专生来接替了他。2004年，中国的许多地级市都还没有完全推行小学英语课程。

"我们的学生比城里的学生还洋气！"王哲兰说。

"谈谈你印象深刻的小学老师吧！"我对那些曾就读于乡村小学的社会人士说。他们有的是公务员，有的是国企领导，有的是私营业主，有的是艺术家。他们对我提出的这个问题起先很诧异，待我简单说明缘由后，他们思考片刻，便很快聊起来。毕竟，有的故事是会一辈子刻在心里的，平时很难想起，但有人一提，便立时历历在目。

——我最难忘的是我的小学班主任，那是一个很温柔的中年女人。那年，我的母亲过世，父亲粗心又加上田头事情忙，便常常把我忽略掉。一天，放学下大雨，我没有带伞，班主任一手撑伞，一手搂着我，深一脚浅一脚地走过泥泞的田埂，送我回家。"你靠紧我，不要被雨淋到。"她说。在那个瞬间，我想起了母亲，便低下头默默流泪。老师没有低头看我，却觉察到一个小女孩在伤心，说："妈妈一直在你身边，只是换了种方式，你高兴或者悲伤她都能知道，你高兴她也高兴，你难过她也跟着难过……所以，你一定要快快乐乐地学习生活。"

——父亲总说我在纸上乱涂乱画，还说一个农村娃以后能考个大学才是正事。小学四年级的时候，美术老师找到我父亲，跟他说我很有画画的天赋，千方百计说服了父亲，然后带着我和另外两个同学转了两趟车进县城，找到了一位专门教油画的老师。之后，每周都是美术老师带着我们去县城学习。初一的时候，我就被省城里一所有特长班的重点中学录取了，接着考上美院附中，读美院油画系，一直走到今天。

——小学一年级，我被班里一群女生欺负。她们说我太邋遢，身上的衣服总是脏兮兮的，头发里还有虱子。是的，家里没人照顾我，父母都外出打工了，爷爷奶奶要种地还要照顾更小的弟弟妹妹，根本顾不上我。我的语文老师也是班主任，把我带到她家里，先是用篦子把我头发里的虱子弄掉，又用药水给我洗头，然后替我剪了一头清爽的短发。她的动作轻轻柔柔的，特别像母亲对待自己的女儿。之后，老师拿来她女儿的衣服给我，说："这套衣服前年买的，半新不旧，倒也还算洁净，先穿着吧。"后来，老师在语文课上经常让我朗诵课文，也推荐我参加学校的讲故事比赛。她对同学们说："小蓝，虽然爸妈都不在身边，但她学习勤奋，头脑又聪明，经常给班级夺得荣誉，大家要多多学习她的长处。"那位老师前年才从乡里的小学退休，现在和老伴住在乡下。我每年回老家，都要去看她。

——小学三年级，语文老师要求每个人都要买一本《新华字典》。我不敢开口向父母要钱，父亲常说的一句话就是"庄稼汉土里刨食，一分钱都得来不易"，为此，他对金钱看得极重。大冬天，他甚至不同意我提着取暖用的火盆到学校去，因为烧木炭也是费钱的。在我的记忆里，每年寒冬我的双手都长着成串的冻疮。待到同学们都在课桌上放了一本厚厚的《新华字典》时，我只能惭愧地低着头。课间，语文老师叫住我，递给我一本封面有点脱皮的字典，让我记得小学毕业时还给他。但我终究没能物归原主，他在我小学五年级的时候就突发疾病去世了。这本字典我一直保存着。

——听说老师要调走，我们想是不是我们太讨厌了，所以老师不待见我们才要离开？那一段时间，我们特意表现得非常好，上课坚决不做小动作，而且课余时间跟在老师身后不停地套近乎。我们是多么希望老师能察觉到我们的诚意和心思而留下呀！但半个月过后，老师还是调到了城里。他临走的时候说："希望以后我们在城市里相聚！"时间匆匆过去，父母对老师的抱怨，我们与年轻的新老师屡屡发生的冲突，以及各种各样的传言，最终，这位调走的老师慢慢地就被我们忘了。再见他，是我大学毕业之后。几年间在社会上经受的种种磨砺挫折，已让我理解了他当年的难处——妻子在城里工作，孩子被妻子带在身边，家里没有能帮忙的老人，妻子在换工作后需要经常加班出差……老师也有老师的难处。

三 艰难地走出

1987 年，毛世伟从开县师范学校毕业，分配到当地某乡村小学。与如今同在重庆某城区教书的赵红、刘凤不同，后者所就读的重庆市第一师范学校分配的主要方向就是重庆主城区。毛世伟那时最大的理想就是"真正跳出农门"。

毛世伟至今仍记得在村小任教的数年间的各种细节。由几间简陋校舍组成的村小，坐落在贫穷的山村里，与周围村民居住的房子一样，不通电也不通水，所有的一切，丝毫不会因为这是一个培育人才的地方而有半分特殊。村民已经渐渐知道读书的重要性，但客观条件就那样硬生生地摆在那里。去处即来处，毛世伟把走出去的想法深埋在心里，快速适应了这片似曾相识的教书环境。

和山城一样，开州的天气难得明媚。昏暗的天光透过土墙上狭小的窗户投射进教室，勉强留下几丝微弱的光线。所以，很多时候，学生的课桌上需要点一盏煤油灯，教室里常年有一股残留的煤油味。即使如此，六年级仍有许多学生住校，睡通铺是常见的。

看到这些刻苦求学的孩子，毛世伟常常想起当年的自己。他把全副身心都投入教学中，初来乍到便和同事们开始了教学改革试验，自己做研究、自己出试卷，学生成绩大幅度提升。两年后，村小在十里八乡出了名，方圆几十公里的适龄孩童都汇聚到这所学校。

1994年，毛世伟终于被县城小学引进，彻底"跳出农门"。但他并没有因此而松口气，来自各方面的压力仍然压在他头上。首先是与学历相关的危机感。这样的感觉，1991年，毛世伟就已经有了，尽管那时中师、中专还非常吃香。他发现周围的大学生越来越多，新闻越来越多地提到"发展高等教育"。毛世伟像一只兔子一样竖起耳朵，努力接收来自旷野的风吹草动。他很快用行动回应了自己的感知，先是通过两年脱产学习获得某师专的大专文凭，之后又通过在职学习取得某师范大学的函授本科文凭，后来又参加了研究生课程学习。初为教师的毛世伟一直想教中学，这也是他全力投入教学工作的同时，克服一切困难提升学历的重要动力。遗憾的是，毛世伟只在中学里短暂教了一段时间，之后，依然朝着优秀小学教师的方向而去，最终成了重庆主城区的一位小学校长。

与毛世伟相比，邓代林的走出则曲折异常。

1987 年，从江西某县中师毕业后，整整十年，邓代林都在距离县城六十多公里的一个偏僻山村教书。邓代林的妻子，是他学校里的同事。到 1997 年，整所学校的教职员工加起来也只有六个人。他之所以想要离开，是因为他的儿子。这个孩子在三岁多的时候发现存在智力障碍，干预和矫正都需要在城里进行。如此的穷乡僻壤，显然对孩子的治疗很不利。是呀，山路弯弯曲曲，去趟县城就得花费两个钟头。邓代林还记得，有一天夜里儿子突然发高烧，他一路狂奔请来住在不远处的卫生院院长。这位卫校毕业的卫生院院长据说诊断经验很丰富。他把孩子查看一番，断言这是脑膜炎，如果不立刻转送到县城医院，孩子很可能没命。那时，进出村子的主要交通工具还是农用车辆。张幺哥有一辆平时帮着村民拉化肥的机动三轮车，这时就成了孩子的救命车。邓代林和妻子抱着不到五岁的孩子拼命敲打张幺哥家的大门。凌晨一点多，整个山村一片漆黑静谧，只有邓代林手里那只手电筒发出昏黄的光。敲门的声响，连带着四周断断续续的犬吠。约莫十分钟过后，张幺哥终于起身开了门，脸上带着明显的困倦和不满，说："怎么啦，这么大半夜的敲门！？""救救孩子，救救孩子……"邓代林的妻子哭着央告。闻知事由，张幺哥立刻把披在身上的外衣穿好，说："你们到路边等着，我马上把车开出来！"

邓代林永远记得机动三轮车颠簸着行进在山路上的情景。

张幺哥的那辆车之前被撞坏了一个车灯还没来得及修，像一个睁着一只眼睛的人，一道灯光只能照亮一边的路，另一边还笼罩在山野的黑暗中。邓代林想着拿手电筒帮忙照着前路，却被张幺哥制止了，说："你照我脑袋干吗？收起来！我赶夜路习惯了，你们抓紧就行！"妻子抱着已经烧到几乎昏厥的儿子，紧紧靠着邓代林。邓代林则一手环抱着妻子的肩，一手死死拉住车厢旁的把手。前一天的大雨让山路格外泥泞，机动三轮车就像一艘在风浪里上下起伏的船……

县医院里，两鬓斑白的急诊医生看过孩子，很肯定地对邓代林夫妇说，孩子只是普通的上呼吸道感染，打一针再开点儿药就能好。一番折腾后，天已经微亮。他们抱着退烧的孩子疲惫地拖着步伐走出医院，却发现张幺哥正靠着车打盹儿。他们感动得几乎要哭出来。张幺哥却说："我这要走了，你们坐公交车得转几趟，到村口还得再找顺路的车子，麻烦呢，况且孩子还生着病呢！"回去的时候，邓代林已经误了一节课。

儿子五岁多，妻子辞了职，准备去邻近的广东打工挣钱。邓代林的岳父觉得女儿丢掉这个铁饭碗太可惜。毕竟当年她是村子里的女状元，第一个考上中师的女孩子，从吃"皇粮"到恢复白身，一切等于归零。

"现在的时代不同于以往，能挣到钱改善生活才最重要，我不能为了保全面子，连里子都不要了。"妻子说。

妻子后来在广州一家早教机构上班。在沿海发达城市，"孩子不能输在起跑线上"的观念，早在 20 世纪 90 年代初就已很流行。

为了孩子、为了生活，妻子已经果断做出改变，邓代林自然也要跟上。他的调动计划随即在 1997 年开启。1997 年，对中国的教育改革来说，是个重要的年份，从这一年开始，全国实行普通高校招生"并轨制度"，所有高考录取的学生上大学都要交学费，而且毕业后不再分配工作，大学生这个身份开始贬值，中师生更甚。他听说有师专生开始到县里的小学教书。与毛世伟一样，邓代林开始在职疯狂提升学历。1999 年，他拿到函授大专文凭的同时，也拿到了一项市级重要荣誉。邓代林拿着两块敲门砖，敲开了县里一所小学的门，校长表示愿意调他过来，而且学校长期处于缺编状态。调动需要教育局审批，但那一段时间突然开始流传农村教师"调动方面的事项暂时搁置"。大半年后，校长遗憾地告诉邓代林，目前情况有变，你的事可能办不成了。后来，邓代林才知道，学校引进了邻县的一位优秀教师，又招到了一个师专应届毕业生，他自然去不成了。至于"调动方面的事项暂时搁置"，是因为那几年农村师资流失很严重，所以村小教师进城，都必须慎重对待。

2002 年，邓代林再次得到了调动进城的机会，那是县里一所老牌小学主动向他伸出的橄榄枝。那年，他进城的事已刻不容缓，儿子十岁了，必须抓紧时间进行特殊教育，而县里有专门的特殊教育学校接收他儿子这样的特殊学生。眼看事情就要成了，他却突然接到那所小学办公室的电话，问他两年前是否跟家长打过架。这个问题让邓代林一下子蒙了。他跟那个家长之所以发生拉扯，是因为那个家长一直家暴女儿和他的妻子。看到女孩脸上手臂上青一块紫一块的伤痕，邓代林愤怒地前去家访，他告诉那个家长，这么做是要负法律责任的，因为这是虐待和暴力。结果，那个粗壮的喷着酒气的中年男人来了句"我还打你了"，就一脚踢了过来。邓代林还手，两人扭打在一起……因为这件事，邓代林在大会上被校长批评。邓代林原本以为就是批评一次，没想到还被记录在案，成为调动的阻碍。

直到 2005 年，邓代林在一个初中同学的帮助下，才顺利调到了一所县城小学。在这之前，他的妻子从广东回来，在县城里买了房，陪着儿子上学。

"那两年全靠我爱人照顾孩子。一个生活不大能自理的智障孩子，要带他上学，要带着去专门机构做康复训练，还要做饭打扫卫生，她特别不容易。"邓代林说。

关于"走出"的故事，我在中师生里听到了太多。有人告诉我，邓代林算是曲折的，也有人一路绿灯。20 世纪八九十年代的机关事业单位就特别青睐中师生，早早崭露头角的幸运儿，会在刚刚任教的一两年内就被调到那些好单位，从此走上仕途，现在许多地方的文联主席、宣传部部长、报社领导等，很多都是这样走出来的。还有人在任教的小学里被迅速提拔，之后作为人才被引进到城里。

"但也有人为了调动付出太多。"那人告诉我。

她说到了她的一位学姐，如今在一个地级市的知名小学教书，眼看还有五年就要退休了。她的儿子是大学老师。家里的一切看上去都好，唯独丈夫对她的误解是她心里的一根刺。丈夫一直怀疑她的清白。二十年前调动工作进城时，传说她与一位教育局领导有交易。当年，丈夫曾亲眼看见她深夜从那位领导的家里出来。那位领导长期夫妻两地分居，孩子也不在身边。为此，情绪激动的丈夫和她狠狠打了一架。因为婚姻这棵大树已盘根错节，离不得，况且工作调动对他们的生活来说着实很重要，所以只好让这根刺扎在心里，扎了二十年。

"调动能否顺利，与运气有关，与诸多因素紧密相关。"那人说。

2022 年，诗人张远伦写下了《推送者》：

> 我站在城市高处，成为曾家岩的悬崖
> 向外推送的部分
> 同时被推送的，还有一个露台
>
> 风从身下来，像推送白云那样推送我
> 鸣笛声从低处来
> 像推送隧道那样推送我

芭蕉叶从露台里长出来，古典地
推送着雨滴。众多雨滴化成雾气
推送着夜行列车

我的背面推送着我的正面。我的前胸
推送着空气。我的后半生
推送着前半生

总有一样东西被遗漏了，没有推送到
比如嘉陵江
孤证了我被动的一生

　　诗里只能看出隐隐约约的东西。张远伦告诉我，通过这
首诗，他想要表达的是自己因为结缘文学而变幻莫测的人生
际遇。他从未主动要求过什么，却被身后那只无形的手一直
推动着，向说不清看不明的前方行进。

　　20 世纪 90 年代末，市场经济已经深入人心，普通人衡量
一个人成功的标准往往是"你挣到了多少钱"，冷笑话"教授
不如卖茶叶蛋的"就发生在那个时候。彭水县乡村教师张远
伦教书的地方很偏僻，距离县城还有五十公里。正是因为远
离世俗的繁华，才能让他被世俗评价标准一次次冲击的内心，
在林深处，渐渐归于平静。林深处有诗意。张远伦经常到这
里坐下看风景、听鸟声。慢慢地，他不仅能分辨出各种鸟的
声音，这是竹鸡，那是锦鸡，还有长尾山雀……还会模仿不

同鸟的叫声，比如，模仿着竹鸡的腔调发出一声长鸣。久而久之，他也弄懂了它们之间独特的交流方式。听着鸟的叫声，他便知道它们大概在哪里活动。夕阳西下，领头的竹鸡开始召唤同伴上树。呼啦啦，数只胖乎乎的家伙从四面八方飞来，齐齐地站在枝头上，整整一排。据说，夜晚它们就以这样的方式栖息。

世俗观念依然无孔不入。1996年的彭水，村民靠着当地特产的烤烟，一个月就能挣个几千上万，那时张远伦的工资只有两百多元。几年后，他与妻子在乡下种地，粮食蔬菜大部分自给自足，一家三口的日子还算能过下去，但心里还是有了不可言喻的微妙落差。

原本，张远伦是洒脱的。他的洒脱来自诗歌，这是一面可以对抗残酷现实的坚固盾牌。

1976年，张远伦出生于彭水农村的一户苗家。那个时候，渝东南一直流传着"养儿不用教，酉秀黔彭走一遭"的民谣。张远伦告诉我，相比于酉阳、秀山、黔江、彭水的一般农村家庭，他的生活条件又要好一些。因为村子附近有水库，所以除了山地常见的土豆玉米，还可以种些水稻。他的父亲是个小学没毕业的村干部，识字，常常带一些旧报纸回家。旧报纸上的豆腐块文章，成了孩童的启蒙读物。但无论如何，生存是村民生活的第一要务，"跳出农门"是改变人生的关键。渐渐长大的张远伦迷上的却是生活之外的非必需品。先是村里闲汉手头流传的评书小说，《说岳传》《隋唐演义》之类的书，那些故事很精彩。接着是那个年代流行的连环画，是村小同学借给他看的。那位同学是林场职工的孩子。连环画是经济条件不错的家庭才会买给孩子的。张远伦太喜欢看杂书了，借只能隔靴搔痒，于是他开始自己挣钱去买。

采摘马尾松上的松果，满满一背篼，拿到赶场的集市上能卖五毛钱，刚好够买一本时新的连环画。到野地里弄上一大捆野猫皮（一种植物），下水煮沸，捞起来晒干，原先的一大捆缩水成一小把，拿到集市卖个一两块，可以买到更多的书。年龄相仿的邻居家的孩子也在闲暇时卖野猫皮，但他换来的钱，都买了烟抽。十二岁的时候，张远伦偶然买了一本徐志摩的诗集。那时，他并不懂新诗，只是觉得里面长短不齐的句子很美。抱着好奇的心思，他又买了好几本新诗集。不知不觉，诗歌之美慢慢渗透了他。下雪天的一次语文考试，脚边的火盆发出轻微的噼啪声，他奋笔疾书，并没有觉察到监考老师一直站在身旁。监考老师被他写的作文吸引了。过了好一会儿，张远伦开始检查试卷，听到这位老师低声对另一位老师说："那个娃儿的作文写得好！"

张远伦的初中是在镇里的完全中学读书，他印象最深刻的是那间阅读室。阅读室在一座苏式建筑的二楼，挑高很高，铺着木地板，踩上去吱嘎作响。这是他的精神乐园。书架上整整一排文学刊物，长方形的《星星诗刊》（后改名为《星星》）在其中很醒目。那时，张远伦对新诗的兴趣已远远大于小说等其他文学体裁。除了阅读，他开始写作。初三下学期，他把散文《野葡萄树》投给了《川东南报》的副刊，但他考上酉阳民族师范学校时才发表出来。

中师生张远伦有两大特长：一是写字，他的书法作品参加了四川省中师生书画展；二是写作，作文曾获得全国中师生写作比赛优秀奖，后来《巴蜀师苑》几乎每月都有他的文章。中师三年，也是他广泛深入学习新诗的三年。他非常喜欢台湾诗坛"三驾马车"之一的痖弦。这位名家的诗，他一首首研读，几乎每首都能背诵。第三代诗人于坚、欧阳江河等人的诗，他也能如数家珍。他是带着一大箱子的诗集去那个"戴帽"乡村学校做初中语文老师的，在那里，一待也是十年。

烤烟与粉笔的价值对峙，现实如寒冰。诗歌铸就的盾牌再坚固也无法抵挡内心的阵阵寒意。张远伦写下了诗歌《顶点》：

> 诸佛寺的顶点，和严家山的顶点
>
> 形成了对峙之美
>
> 夹缝里是小小的诸佛村
>
> 我在这里生活了十年
>
> 发现对峙是顶点和顶点之间的事情
>
> 我只能在谷底仰望
>
> 有一次，我登上诸佛寺
>
> 看到了更高处的红岩村和红花村
>
> 它们的顶点加进来
>
> 就形成了凝聚之美。这点发现
>
> 让我突然忘却了十年的鸡毛蒜皮
>
> 和悲伤。竟然微微出神

把自己当成了群山的中心

从 1996 年到 2001 年，他是《诗刊》《星星》等文学刊物的忠实读者，却在写作上整整沉寂了五年。这五年，他在乡野之间感悟着世道人心，自《顶点》开始，他在诗坛发出了自己的声音，之后是发表在《民族文学》上的《郁水谣曲》。慢慢地，张远伦在十里八乡成了有名的"诗人老师"。2006年，彭水县成立文联，在全县遴选优秀文艺人才，爱才的县委书记签字同意张远伦调动。事实上，那时的张远伦有两个调动的选项，一是县文联，二是县文化馆——那时他们还缺乏创作人员。张远伦感觉"文联似乎更接近文学"，所以选择了县文联。八年后，他又调动到位于重庆主城区的《红岩》编辑部，最终成为重庆文学院的专业作家，并先后获得人民文学奖、全国少数民族文学创作骏马奖等重要奖项。

"不得不说，文学深刻地改变了我的命运，让我于不自觉中实现了人生的重大改变。"张远伦说。

在他当年的中师班上，有四十多个同学，如今将近一半在县城，一半仍在乡下。调入县城的约有四分之一转了行，有的进政府部门做了公务员；但成为作家的，却只有他一个。

因为一技之长被命运推着朝前走的，也不仅仅只有张远伦。我曾采访过一位 1990 级的中师生，毕业后在乡村小学任教七年，因为擅长小发明一举拿到十余项专利，被省城的重点初中作为人才引进，一举跨越了"从乡村到省城""从村小到重点中学"等数个难以逾越的高门槛。

第四章　最后的中师生 |

一 时代的曲线

1997 年，全国普通高校招生实行"并轨"制度。并轨，通俗来说，就是所有高考录取的学生上大学都要交学费。在此之前，除了正儿八经考上大学的公费生，大学里还有部分自费生——只有自费生这个特殊群体才缴纳学费。当然，"并轨"制度并不是一夜之间被推到公众眼前的。1996 年，部分高校试行"并轨"招生，学费大幅增加。1997 年开始，自费生成为一个过去的名词，每个大学生都要交学费。其中，师范专业的学费较低，有的艺术专业的学费甚至高得令人咋舌。

我曾听说，有人 1996 年考上某师范大学，那一年，他考取的师范大学并不是"并轨"试点。原本，他可以安安心心当好那个时代的最后一届公费生。但或许是高中三年太辛苦太压抑，作为乡镇中学难得的考上大学本科的高才生，他在乡亲们如潮水般的祝贺中飘飘然跨入大学校门，心里没有大学生活的任何规划。就像一只误入糖罐的小老鼠，他好奇于眼前的五花八门，渐渐沉迷于游戏、恋爱，最终因为屡次逃课、挂科太多而被学校勒令退学。乡下的父母闻讯赶来，向院系领导苦苦哀告，最终他保住了学籍，却留了一级。1997年，普通高校招生"并轨"全面实行，他因为曾经的失误，与当年的97级学弟学妹一起，成为"并轨"时代的第一批大学生，交出了在当时堪称高昂的学费——每年近四千元。20世纪90年代末，这笔开支着实不菲，城市里的大多数家庭每月收入都达不到一千元。可以说，他是当年少有的同时经历过"双轨"和"并轨"的师范大学生。四年间靠着东拼西凑的一万多元，他揣着不安和悔恨读完大学。欠着亲戚朋友的那一大笔债，他在工作后花了数年时间才逐一还清。据说，他把这件事当成了人生中最大的教训，并引以为戒。

"并轨"政策的全面施行，引起了社会公众的不解，大学生不是天之骄子吗，为什么要交那么多钱呢？难道千军万马过独木桥的时代就要终结了？在乡村里，老人们趁着天气好坐到一起摆龙门阵，扯着家长里短。有老奶奶说起前一阵子被某所名牌大学录取的孩子，他妈妈为了几千块钱的学费急得满村找人哀告借钱。

"你说他那是真的考上大学了吗？我记得以前咱村里考上的那个女娃就只带了一点儿路费，生活费都说不用带。"

"对呀，真考上了国家能不管？他是不是没考上读了自费？"

老人们议论纷纷。

除了"并轨"，较之过去，大学还有一个重大变化，那就是大学生毕业后都不再分配工作。国家不包分配，毕业后不一定能捧铁饭碗。在那个市场经济已然蓬勃发展的年代，"读书无用论"更是甚嚣尘上，上大学要交钱，又不包分配工作，念书还有什么用！但是，"不包分配"也为许多大学生，包括师范大学生，打开了一道自由选择职业的大门，大学毕业时可以不必受限于所学专业，可以到社会上去闯荡一番。就像王锦记忆里的大学时代的"朗诵社"社长，毕业时没有上中学讲台教化学，而是去了某地级市的电视台做编导和主持，现在他已经出来自己办传媒公司，据说颇为成功。就像刘慧兰那个每天"必须码七八千字"的学生，他 2023 年 7 月大学毕业，既没有考研也没有找单位上班，如今是一个颇有名气的网络作家。在他的朋友圈里，常常出现他和某著名制片人、导演或大明星的合影，他说："他们在拍我的电视剧呢！我自己做编剧。"刘慧兰的另一个学生，那个大学期间就常常被婚庆公司喊去做司仪的漂亮女生，现在是一个拥有上百万粉丝的婚礼策划网红。

上至师范院校，下到中等师范学校，中国的整个师范教育体系牵一发而动全身。很快，中师生的相关优惠政策也被取消，实行缴费上学和自主择业。这意味着中师生不再享受免费上学、包当"干部"、年龄优势、无升学风险等利好条件，与"并轨"的大学生一样，要面对市场经济带来的重重压力。

"我记得，从 1996 年夏天开始，中师生的分配就遭遇了前所未有的困难和挫折。我就是一个例子。"顾晓军对我说。他在一所 2021 年下半年"转公"的私立小学工作，编制问题刚刚解决。

1996年的酷暑，顾晓军和三个同学一起到县教育局报到，那个管事儿的戴着黑框眼镜的中年女人接过中师开具的凭证，冷冷地扫视了一遍，然后面无表情地说："这两个学校的编制都满了，不能接收。"对单纯的农村少年来说，"不能接收"这四个字让他们瞬间浑身冰凉。"不能接收，那我们该往哪里去呀？"顾晓军大声问，甚至激动地拉住了那个中年女人的手。他们原本都很庆幸分到了县城里的小学，也听说，现在小学里的班级越来越多，很需要老师。

"你们学校没跟我们具体对接过呀，他们没有弄清楚情况。"女人依然面无表情地说，"这两天碰到好几个都是这种情况。"

顾晓军和同学又返回学校，找到分管毕业生分配的领导，由校方出面反复协调，最终只能调剂到缺编的学校去。就这样，顾晓军被调剂到镇中心校在偏僻乡村的教学点。这些教学点，就是原先的村小学。在一些经济相对发达的县份，从20世纪90年代中后期开始，打工或做生意挣到钱的家长认识到城里上学的好处，孩子上学便逐渐向城镇转移。是的，这样的教学点今天依然存在，就像我去采风的某个山坳，四百多人的村子里，有三个幼童在那里念小学，与他们对应的，是两个有编制的年轻老师。"有条件的孩子都被父母弄到外面去了。"村里人告诉我。

顾晓军当年去的那个教学点，不仅偏僻，而且只剩下一、二两个年级，加起来也就二十来个学生。这个教学点有三个教职员工，两个老师、一个煮饭工。带完这届，这个教学点就要撤销，顾晓军也有了到镇上教书的机会。但顾晓军辞职了，舍弃了编制，去了省城里的一所私立小学教书。他的一位师兄被聘在那里做校长。之前，那位师兄告诉过顾晓军，都什么时代了，还谈编制？国外私立学校顶大半边天，咱们国家眼看要加入 WTO 了，将来慢慢就与世界接轨了，以后私立学校肯定遍地都是，那老师还讲有编制和没编制？如这位师兄所言，这所 2001 年由港资集团与某知名小学合作建立的私立小学，在五六年后，就成了省城一块响当当的牌子，再有钱的人捧着一学期上万元的学费也没有门路入学。据说，2021 年"转公"之前，这所私立小学的学生都有很不一般的背景，既富且贵。这所私立小学实行双语教学，聘请了数名外籍教师，且每个假期都组织学生出国研学。顾晓军在这所私立小学一直待了下去。2002 年之前，这所私立小学来了很多与顾晓军有着相同经历的中师生。2002 年以后，大批的师范大学生进入这所"公参民"的私立小学，应聘的门槛越来越高。

"其实我能够理解当年逐步取消中师生分配制度，因为这样的毕业分配，是计划经济的表现形式。就像我们用过的粮票和油票，最终随着改革开放的深入、市场经济的兴起和商品供应的充足，国家不再需要通过票证来限制人们的需求，购物票也就没有了。取消分配制度，差不多也是这个意思。每个人都可以自由选择，师范生也是一样。"顾晓军说。

采访完顾晓军，我查了查资料，得到了以下一些资料：

　　——我国从 1955 年开始实行票证制度，直至 1993 年 4 月1 日，根据国务院的通知精神，取消了粮票和油票，实行粮油商品的敞开供应。这一举措标志着伴随城镇居民三十八年之久的购物票证制度的终结，从而彻底结束了票证时代。也就是说，无论是谁，只要有钱就可以买到商品粮，并不存在吃商品粮的特定人群了。但没有想到的是，最终不需粮票油票买生活必需品的时间，竟然是在 20 世纪 90 年代初，比我想象中晚太多，却接近于普通高校招生"并轨"、中师生不包分配的时间点。

　　——20 世纪 90 年代中期，私人办学之风兴起。仅仅在湖南岳阳一个市，便有私人办的小学八所，在校学生三千零六十人。这样的统计数字也同样是我没有想到的。2021 年夏天，"民转公"的浪潮不断翻涌，坊间流传一个说法：未来百分之九十的"公参民"学校都要"转公"，其中义务教育阶段学校"民转公"比例可能高达百分之九十五。我曾误以为，私立学校遍地开花是这几年的事，不承想在三十年前便已渐成气候。

　　从 1996 年到 1998 年，最后一批包分配工作的中师生走上了教学岗位。这一大批人在分配时遇到了前所未有的困难。一方面，由于教育资源的不均衡和供需矛盾，很多中师生被强制分配到一些偏远贫困、环境恶劣、条件艰苦、交通不便的地方。除了服从调剂又在若干年后从乡野走出的顾晓军，还有拿着学校开具的一纸"无效"报到凭证，到市里乃至省里教育部门讨说法的中师毕业生。有人告诉我，当年她分配到某小学教了大半年书，才知道自己属于"临聘人员"，此后连续申诉五年，才被安排参加考试成为正式教师。

也有人跟我讲，鉴于1996年开始凸显的"分配难"的问题，学校让毕业生在办手续之前先把家乡那头的接收情况搞通顺，同时学校也会派出专人负责衔接，确保分配落得下去。其实这样一来，跟自己找工作差不多了。

另一方面，由于教育水平的提高和社会认知的变化，很多中师生在分配后遭遇到社会、学校和家长的各种误解和歧视。韩晓梅1997年被分配到一所刚从国企子弟学校转过来的街道小学，当年与她一起到岗的还有两个师专生。同为新人，韩晓梅的教学任务比他们重——多教一个班的语文，但月工资却比大专生低一大截儿。虽然韩晓梅第一次带小学一年级的孩子——他们像一群鸟吵吵嚷嚷，但她很快就安抚好了这群活泼好动的孩子。孩子回家告诉妈妈："我很喜欢韩老师。"爸爸妈妈却在餐桌上表达了对这位刚从学校毕业的中师生的诸多不放心："她的学历太低了，现在大学生一抓一大把，小学老师一般都有大专学历。""她能搞得懂娃娃的功课吗？那些读过大学的老师肯定比她有学识。""为什么二班让中师生当班主任，其他班都是派老教师和大学生？"很长一段时间，韩晓梅面对的都是家长的质疑。第一学期期末考试，她负责的那个班的综合成绩在六个班里排第二，但班里有个语文数学都没有及格的小孩。孩子的父亲愤怒地在家长会上跳起来质问韩晓梅："为什么我的孩子刚上一年级学习成绩就这么差？

我的孩子明明那么聪明，五岁就认识一百个汉字，能做一百以内的加减法，为什么到了你的手里就变成了这样?！"闻言，所有家长都齐刷刷地看向很尴尬的年轻的韩晓梅。那年韩晓梅刚满十八岁，为了显得老成持重，让家长们少一些怀疑，她特意烫了一头"阿姨式"的齐耳卷发，穿深色的衣裙。那个父亲的质问带着恶意，一下击中了韩晓梅。她的脸立刻涨得通红。片刻后，她咽了一下口水，努力让自己保持平和，微笑着解释道："孩子还小，他对小学的规则和秩序都还不大适应，你看，他做题只做了一半……"话还没说完，便听到那个父亲大声说："要我说，你的学历包括教学经验，还是跟其他老师有差距！如果老这样下去，那我们只有要求换班了！"其他家长也纷纷附和……韩晓梅带着哭腔说："请大家再等一等，给我一点儿时间，再看一个学期！"一年级下学期期末考试，韩晓梅班上的所有孩子都考到了八十分以上，总排名年级第一。但就是这样，接下来的几年里，在市里赛课、职称晋升等环节，韩晓梅也屡屡吃亏。从 2003 年开始，韩晓梅开始通过在职学习"找补文凭"，直到 2009 年拿到了某省属师范大学的在职研究生文凭。现在，韩晓梅已经取得了小学里为数甚少的职称"正高级教师"。

不是人人都像韩晓梅那样努力和幸运。

王芬也是 1997 年被分配到某小学任教的。在那一届毕业生里，她算幸运的，被分到了家乡所在城市的一所知名小学。王芬的理想是读了中师安安稳稳待在一所小学里，一直干到老。但从她教书的第一天开始，压力便接踵而至，分管教学的副校长直接告诉她，目前她的学历是所有老师里最低的——新进老师最低学历是大专，老的一批也都通过在职学习取得了大专以上学历。与韩晓梅的遭遇一样，家长对王芬心存疑虑。她本该放手大搏一场，把读中师学到的东西付诸实践来证明自己，可家里又偏偏出事了，相依为命的母亲得了大病，需要时时陪伴和照顾。这样一来，无论是工作还是学习，王芬的所有计划全被打乱。2004年，王芬因为班里发生的重大校园霸凌事件被处分，调到总务科做后勤工作。

在我的采访中，最后一批分配的中师生，在工作中不仅要承担较重的教学任务和管理责任，往往还要面对比较低的工资、较差的职业前景、较少的尊重关怀。中师毕业分配，再也不是过去令人艳羡的吃"皇粮"。这让许多来自农村的年轻人感到失望和沮丧，有的人进而选择辞职或转行，放弃了曾经热爱的教育事业；但更多的人选择了负重前行。

时代变了，中等师范学校也在寻求新的发展点，试图在危机四伏中找到新出路。

1982年出生的刘铤钏，也毕业于重庆市第一师范学校。他是这所老牌中师英语专业的第一届学生，1998年入学。从时间上来看，重庆市第一师范学校设置英语专业的时间，比《教育部关于积极推进小学开设英语课程的指导意见》下发时间早了三年。

刘铤钏五年后从这所中师毕业，手里拿的是重庆市某师范学院的大专文凭。1998年前后，许多中师开始设法与大专院校搭上关系。像刘铤钏那样，在中师读三年，再通过考试读两年大专的情况很常见。将大专毕业证挂靠到有资质的高校，也是已面临种种办学危机的中师所常用的方法。1998年，一些省会城市的知名小学已明确提出，他们的新聘教师，必须是师范大学本科生。部分机关事业单位的招聘门槛，也已经是"大学本科，研究生更优"。

说起来，当年刘铤钏主动报考中师，还是跟家庭经济条件密切相关。他出生在重庆区县的一个农村家庭，因为高校从1997年开始正式实施普通高校招生"双轨制"，一年数千元的学费，并非是这个收入全靠务农的家庭所能承担的。所以，初三毕业前夕，与绝大多数同学只盯着"重点高中"不同，刘铤钏在学校下发的厚厚一沓"升学志愿填报"指导资料里，一门心思盯着中专中师寻找合适的专业。他很喜欢英语，发现重庆市第一师范学校特设英语教育专业，眼前顿时一亮。这个专业的学生还都属于委培性质，也就是说，毕业出来就有工作。这是"不包分配"的大背景下，另辟的一条"小路"。

就选它了！刘铤钏赶紧用红笔圈住了这所学校和这个专业。当然，对学习成绩一贯优异的他来说，在众多初中毕业生都选择高中的情况下，考个中师不算太难。

刘铤钏还记得，自己那么喜欢英语，是因为碰上了一个很好的英语老师。那个二十七八岁的女老师将一门外语在一群初中生面前，讲得生动活泼。也是这个英语老师，把没怎么见过世面的少年刘铤钏带到重庆幼师参加重庆市第一师范学校的面试。

147

刘铤钏考上了。可这个专业每年四千多元的学费，令他几年间负债累累。第一年和第二年，他的学费都是父母从亲朋好友那里东拼西凑借来的。中师第三年，父亲去世了，为了支持儿子的学业，母亲想着法把"农转非"后缴纳的养老保险的钱全部取了出来，四千多元全部交了学费，生活费则全靠亲戚接济。等到升大专，刘铤钏鼓起勇气找到大姨一口气借了两万块钱用于念书，并承诺上班以后就还。那时，从中师升到大专也很不容易——班里有五十三个人，升到大专的不到二十个。

2003 年，刘铤钏毕业。那一年，所有人进编制都要参加考试了，哪怕是到乡村小学去当老师。他那样的委培生，是由各区县安排工作单位，一般情况下会分到乡镇上的小学。因为全国城乡小学英语课程才刚开设，一时之间小学英语老师"很走俏"。刘铤钏因为一个偶然的机会到重庆主城区某小学参加面试，之后就幸运地留下了。

"英语是能让孩子们快乐起来的学科。"刘铤钏说。

2001 年秋季，全国城市和县城小学逐步开设英语课程，小学三年级开始有英语课。所以，刘铤钏一开始就带的是三年级的孩子。有一个男孩，十岁上下，他的母亲是高中老师，或许是家教过于严格，这个男孩很内向，平时不爱说话，上课也不发言。刘铤钏特意把英语课上得妙趣横生，比如：一起大声唱英文歌曲，随着节奏跳起来；在课堂上，师生们用英语聊家常，课外，也可以用英语互相开玩笑……慢慢地，这个男孩在活泼的课堂氛围里，性格一点点变得开朗起来。直到现在，已过而立之年的学生还常常给刘铤钏打电话，一开口就是英语问候。

作为一位新老师，刚入职的刘铤钏本来没有机会参加市级的赛课，但一位前辈把机会让给了他。他抓住了讲好一堂小学英语课的种种细节，最终在市级的比赛中一炮打响。

2022年9月，刘铤钏成为这所小学某校区的专职副书记。

二 留住记忆

在我的采访中，能感觉到中师式微的兆头，最早发生在1992年。

"那一年，考中师的分数下降了，虽然与上一年相比，只是几分的差别，但已经能看出苗头了。"一位县教育局的老领导说。

"我哥哥是在1992年考上中师的，他在班里的成绩属于中上。他读的县城初中，那年有一半毕业生选择读普高。后来他的一个初中同班同学考上了清华。"一位中学老师说。

"1992年嘛，那时已经不大觉得中专中师有多好了。社会上就业选择很多，但学历高的好处已经凸显出来，老师家长都鼓励小孩要考大学。"一位退休的小学校长说。

也有观点认为，中师教育的"黄金时代"真正褪色，是在1995年以后，随着市场经济的发展、城乡社会的互动交融以及高考升学率的逐渐提升。但即便如此，中师依然是众多学子尤其是贫困家庭子弟的最优选择。在一份统计中可以看到，20 世纪 90 年代中后期，出身农村的学生在中师生里的占比依然高达 85%。

《中国教师报》2023 年 7 月 5 日发表的一篇名为《中师教育崛起与衰落的理性审视》的文章认为，中师教育的崛起有历史与现实的原因：

一是 20 世纪 80 年代小学教育面临师资落后的严峻现实。据统计，1980 年全国有小学教师 549.3 万人，其中 275 万多人不能达标，而农村小学教师的实际状况更为糟糕。中等师范学校主要负责为农村小学教育输送合格师资，从而使我国农村小学教师队伍得到合理保障和稳定发展，中师教育也由此进入历史发展的最好时期。

二是"鲤鱼跳农门"的普遍社会心理趋向。20 世纪 80 年代至 90 年代初期，当上"公家人"、端上"铁饭碗"、拥有"干部身份"成为众多农村家庭对子女的普遍希冀，中师教育是初中生最快实现"跳农门"目标的路径。

三是农村中学质量竞争的核心需要。从 20 世纪 80 年代中后期开始，农村中学无不以升上中专的学生人数作为提高办学质量的突破口，学校也将最好的学生推送参加中专考试。这是学校之间质量竞争的核心关键，也造就了中师教育优秀生源的神话。

有研究指出，进入 21 世纪，师范教育大学化的趋势日益明显。从国际上看，第二次世界大战以后，随着科学技术的快速发展，一些发达国家的教育水平已提高到高中并向高中后普及，社会对未来工作者的文化素养提出了更高要求。这就要求中小学教师不但要具有特定的学科知识，更要有广博的科学文化知识和教育专业素养。于是，各发达国家都把提高教师教育的层次作为教师教育改革的重要目标。

1999 年 3 月，教育部公布了《关于师范院校布局结构调整的几点意见》（以下简称《意见》），要求所有的"三级师范"（师范学院或师范大学、高等师范专科学校、中等师范学校）逐步过渡到"二级师范"（师范学院或师范大学、高等师范专科学校）。这一年之后，很多中师开始停招、改制、合并或升格。

多年以来，在国人的印象里，正规幼儿园教师的学历是幼师毕业，小学教师通常是中师学历，初中教师多为师专毕业，高中教师则是师范大学生。从 1999 年《意见》下发开始，中小学教师的学历构成迅速发生变化。2024 年，我为了采访奔走在南方各大城市，眼见藏在社区里看似规模不大的小学，最近几年新招的老师大多是部属师范大学本科毕业生或者省属师范大学研究生，他们任教的头一年都由一个资深教师带着，这个资深教师又往往是当年的中师生。我与这些师范大学生谈到职业规划，问在普通小学教书是否有大材小用的感觉，他们都不约而同地冲我摇头，告诉我，他们是幸运的，在大城市里做了有编制的教师。一个学历为硕士研究生的新进老师告诉我，他的本科在一所普通省属师范大学，他们那一届数学教育专业的本科生，虽然都提前考到了教师资格证，但毕业后并非人人都如愿进了学校。"老师编制可不是好考的。有的学校对教师的要求极高，对老师的学历和毕业院校都有限制。像我的学校，是一所地处二三线城市的普通师范院校，仅仅拿个本科文凭，要进大城市的小学，希望渺茫。"在他的印象里，有一半的大学同学毕业后改了行，在私营企业工作的不在少数；也有六七个人毕业后去了西部支教，"他们为了崇高的理想，也为了现实"。

从 1999 年《意见》下发，到 2024 年小学教师学历"更新换代"，这样的变化并非一朝一夕发生的，是个既漫长又酸甜苦辣俱存的变革过程。就像 1999 年的春节刚过，湖北某中等师范学校的新任校长便立即召集领导班子成员及教学骨干开会，准备拿出一套未来三年的发展规划，其中包括新专业的设立，以及如何争取与师范院校联手办"大专班"等等。二十多天后，上级文件落到了这位踌躇满志的校长的办公桌上，他拿起这一沓红头文件，苦笑一阵，说："时代的帷幕落下了，我们能做的只是顺流而行。"

之后，一系列从整体上提高教师学历层次的重要文件密集下发。

2002 年，《教育部关于"十五"期间教师教育改革与发展的意见》指出："'十五'期间中小学新教师培养要有计划、有步骤、多渠道地纳入高等教育体系，逐步形成专科、本科、研究生三个层次的教师教育。"同年 9 月，《教育部关于加强专科以上学历小学教师培养工作的几点意见》明确提出，高等教育要承担专科以上学历小学教师的培养工作。有条件的高师院校要积极建立和完善培养小学教师的院系或专业，充分发挥现有高师院校培养专科以上学历小学教师主渠道的作用。紧接着，《教育部 2004 年工作要点》第三十八条再一次强调，要建设专科、本科、研究生三个层次协调发展的现代教师教育体系。2007 年的《国家教育事业发展"十一五"规划纲要》在总结"十五"期间我国教师教育改革取得重大发展的基础上，指出要鼓励和支持具备条件的综合大学培养和培训中小学教师，逐步形成开放灵活、规范有序的教师教育体系，提高教师教育的层次和水平。2010 年，党中央、国务院召开的"新世纪第一次全国教育工作会议"指出，"十二五"时期是全面建设小康社会的关键时期，也是加快建设教育强国和人力资源强国的关键五年。这一时期义务教育阶段新增的教师具备高一级学历的比例要逐步达到百分之八十五以上，全面提高中小学教师的业务能力和专业素质。

2015 年，教师资格证开始实行全国统一考试，从事教育的工作者，都要具备大专以上学历。

"你还记得十多年前你们最后一次去母校的情景吗？"我问刘丽荣。

"记得记得，甚至每一个细节都记得。"刘丽荣说。

那个在 20 世纪八九十年代曾辉煌一时的中师，已经在时代里徐徐落下帷幕。一个礼拜后，它就要被接收单位——一家大型企业，推倒重建成一座新业态园区。年级的同学们相互邀约着再去看一眼。刘丽荣带着刚放大一暑假的儿子赶过去的时候，才发现去的人比她想象的多多了，不光是他们年级的，历届的毕业生都有，退休的老师也赶到了。许多人都带着孩子——大的已经参加工作，小的还在念小学。她曾经的初恋严班长，带着女儿也来了。严班长的女儿还在念高二。她是自己要求来看看的。老同学们一阵寒暄之后，便成群结队地逛起了校园。每到一处，都有可以细说的往事。

儿子还是第一次来到母亲的母校，刘丽荣自然满心激动地给儿子讲解："你看，那栋教学楼，我们就在那里上课。""后面那栋白色的小楼是我念二年级时才修好的实验楼。我们在那里养过小白鼠。""快看前面那个台子，是学校的露天舞台！有一年新春文艺会演，是在下午，天上飘着雪，我们十来个男生女生穿着单薄又漂亮的表演服，上台之前冷得发抖，拼命地搓手跺脚，可是一上台吹起口琴，竟然丝毫感觉不到寒冷。对了，我们那天吹奏了两支曲子，一支是《十五的月亮》，一支是《金梭和银梭》……"儿子却皱着眉，不耐烦地环视着周围那些明显老旧的校舍。因为停招数年，校园缺乏维护，空荡了许久的教学楼尽头的窗户缝隙间竟然长出了一大棵叫不出名字的野树，叶片有蒲扇大。在家里，他见过母亲用水粉颜料画的母校，一轮朝阳刚刚升起，画面上的一切都镶着一层金边，美丽极了。真正的校园竟如此寒碜。在北京读"211"名校的儿子嘴角挤出鄙夷的笑，他指着那棵悬吊在墙壁上的野树，问母亲："这就是你说的当年堪比'985''211'的学校？""当年这个学校有多难考，你根本不知道，那得是一个县城里的前三名才能来的地方。""这也太夸张啦！"儿子大声笑着，完全不相信。他觉得母亲就是对自己的年轻时代夸夸其谈。

"啊，你原来的学校也就这样啊。"旁边有个初中生模样的孩子对自己父亲说。

最后，这个年级的同学们一起在教学楼前拍了张合影。

我请刘丽荣拿出这张合影给我看看。她告诉我，她必须仔细找找，不知道搁到哪里去了。我很纳闷，这些东西难道不是重要的个人历程的佐证吗？难道不应该像另一个中师生杨大萍那样，专门把一堆发黄的老照片收拢起来，然后装在一个盒子里珍藏起来吗？

刘丽荣告诉我，她从小就不喜欢照相，重要的东西可以搁在心里。纪念册不一定非得是实物，也可以是终生不可磨灭的记忆。

赵红和几个学弟学妹曾就读的重庆市第一师范学校尽管努力求变，但也没有改变被合并的命运。现在，它已经成为某师范大学的初等教育学院。我也曾请赵红提供一些她念中师时的照片，她也同样说要"找一找"，"还不知道能不能找到"。

与重庆市第一师范学校状况相近的，是曾开办"民师班"改变民办教师王哲兰等人命运的那所中师。多年前，它已经被一所师范学院合并，现在是它的一个校区。

毛世伟当年历经千辛万苦考进去的开县师范学校，则在2005年与当地一所中学合并，建成了重庆市开州区实验中学。

提到母校，罗成飞则颇有些伤感。他当年就读的中师已经被改建为一所中等职业学校，就是当下初中毕业"五五分流"，相当一部分孩子可能就读的又令家长深感焦虑的职高。有老同学对罗成飞说，那个职高里的孩子都很不安分，这些年学校里打架斗殴出了好多事，现在当地的家长教育自己念初中的孩子就会说："你不好好学习，过两年就去念那个职高吧！"

"哎，想当年，那个中师必须是初中最优秀的学生才能去的，学习风气没的说。也不知道，那些退了休的老师是不是还住在学校里，看到现在的情况怎么想。"罗成飞说。

事实上，建设中等职业学校是确实有必要的。2021 年，我到广西百色下面的一个县城采风，在那个曾经的国家级贫困县里，职业教育为脱贫攻坚做出了重大贡献。当地的职高开设了颇具特色的马术专业，培养货真价实的马术师，毕业生特别受北上广还有香港、澳门等大城市欢迎。一个建档贫困户的孩子曾告诉前来回访的校长："如果按照现在的脱贫标准，那我一个人一个月的收入，就能让一家人脱贫摘帽。"所以，我能够理解当下国家大力提倡职业教育的初衷，但要全方位搞好中等职业教育，还尚需时日。

下面是我所在的巴渝地区数所曾颇有名气的中师的最后归宿：

——1991 年，巫溪师范学校停止招生，1993 年最后一届学生毕业，师范建制撤销。

——1999 年，江津师范学校招收最后一届中师生，同年江津教师进修学校并入。2002 年，最后一届中师学生毕业，标志着中师办学主体结束。2006 年 12 月，整体划转重庆航天职业技术学院，江津师范学校终结。

——1999 年 5 月，合川师范学校并入渝州大学派斯国际经济管理学院；2002 年 3 月，原渝州大学与重庆商学院合并更名为重庆工商大学，学校因此更名为重庆工商大学派斯国际经济管理学院；2003 年 12 月，经教育部正式批准为独立学院，2003 年 12 月 23 日正式更名为重庆工商大学派斯学院。

——2001 年 8 月，云阳师范学校与云阳县教师进修学校整合为师范进修学校。2004 年学校实行整体搬迁，从老县城迁入新城。2008 年被重庆市人民政府批准成立为云阳教师进修学院（保留云阳师范学校的牌子）。

——2007 年 10 月，巫山师范学校与巫山电大、巫山县教师进修学校合并成立巫山县师资培训中心。

……

自 20 世纪 90 年代中后期以来，作为培养小学教师摇篮的中等师范学校已不能满足社会要求，其数量大幅缩减，高等师范本科院校逐渐成为培养中小学教师的主要承担者。但需要注意的是，我国区域发展不平衡，在一定时期内，西部边远地区还需要部分中等师范学校和师范专科学校，不宜轻易撤并。

这就是一代中师生存在的价值——中国师范教育已走过百年，尤其是中华人民共和国成立以来，不知有多少成绩优异的师范生，把最好的青春年华献给了教育事业。特别是从 20 世纪 80 年代初到 21 世纪初，约四百万中师生响应国家号召，到最需要他们的地方去，到最艰苦的地方去，为我国基础教育输送了最优秀的师资。新时代大背景下，高等教育迅猛发展，又有无数师范大学生投身基础教育一线……历史的螺旋式上升，形式上发生了变化，个人命运也随之改变，从未改变的是为人师的终极意义。

江津于 1904 年开办师范传习所，是巴渝最早开办师范教育的地区。具有上百年历史的江津师范学校，也可以说是我国中等师范教育百年发展的见证者。为了留住宝贵的中师记忆，让社会记住很少被关注的他们，2017 年 5 月，江津师范进修学校的领导顺应社会和校友要求，正式动议筹建"中等师范教育历史陈列馆"。

"我对中师非常怀念，你们（重庆江津）建设中等师范教育历史陈列馆，我很赞成……因为中师确实有很多宝贵的东西值得我们继承，也值得我们纪念。中国的中师经验，在我们国家的教育发展历史上，值得留下一笔。我们以后不知道多少年都还可以总结那个时候中师的宝贵经验。"原国家教育委员会副主任、教育部总督学柳斌说。

在社会各界的支持下，2021 年 9 月 28 日，位于江津白沙镇"朱家洋房"的中等师范教育历史陈列馆开馆。

三 "永远是优秀的"

"我一直想告诉周围的人，我们中师生很优秀，可是在这个博士硕士成堆的时代，我手里那一纸'第一学历'又完全拿不出手。要拿什么来证明中师生是优秀的？"重庆市首届"全民阅读推广大使"张蓓对我说出了她的委屈。

2024年4月，和以往一样，街头的一场图书"围读会"，柔情满腹的张蓓把自己的情感与图书的内容紧密结合，她的当街诵读赢得了围观市民的热烈掌声。

我告诉她，我正在写一部关于师范生的长篇报告文学，于是她发出了上述感叹。

张蓓是1989级的中师生，和那时绝大多数考入中师的初中毕业生一样，如果他们留下来读高中，完全可能考入"985""211"那样的名牌大学，找到更好的工作，从长远看，或许大部分人的命运都会被改写。张蓓是个城市女孩，出身于教师世家，家里人都要她念中师当老师，这才是她成为中师生的起因。可是在后来，当初闪闪发光的中师文凭不断黯淡和贬值，很长一段时间里，站在讲台上的张蓓都在与学历赛跑——好不容易在职苦读拿到了大专，转眼间大专文凭不符合岗位要求，然后又去设法读个本科，可本科文凭到手，研究生也开始教小学了。疲惫不堪的张蓓转了行，去了图书公司，之后在阅读推广方面声名鹊起，2016年，就被评为"重庆市十佳读书人"。但回头想一想，一切都有迹可循。现在，张蓓所从事的工作与中师的专业学习密不可分。一口极标准的普通话，是张蓓的重要加分项。事实上早在中师时代，张蓓就是口语课的课代表，普通话说得非常好。她长期从事的"亲子阅读""青少年阅读"，实际上也与中师教育内容息息相关。教书育人的理想，张蓓更是从来没有放弃。就在两年前，她还专门考取了"高级中学语文教师资格证"。

"张老师，不用拿任何东西来证明。看看你，就知道中师生有多优秀。"我说。

住在场镇上的刘丽荣如今已经退休了，教了一辈子书的她，婉言拒绝了学校的返聘。现在，她几乎每个月都要到县里参加美术家协会的活动。据说，她是这个协会的发起人之一。对乡村教师刘丽荣，大家格外尊敬，"刘老师不但书教得好，画也画得好"。刘丽荣到市里参加画展，有人听说她是位老师，还好奇地问她是不是教美术的。每到这时，她都会骄傲地回答："我教过美术，但主要教语文。"那些走出了大山的学生，有公务员、企业家、科研工作者、艺术家，都喜欢在聚会之际谈到她，以及上学时和她共同经历的那些故事。后来，每每我在人前提及这位多才多艺的贵州乡村女教师时，都有人赞叹："穷乡僻壤也有这么浪漫的人！"

江老板的生意做得很大，他在广西的产业涉及酒店、超市、餐饮等服务业，但他每每介绍自己，总是先交代自己是个中师生。有时，他也会指着身边几个在政府工作的朋友说，他们也是中师生呢。"为什么一定要介绍我们是中师生？因为中师生是我们的第一标识，也是人生的起点。"江老板说。

阳光明媚的下午，某师范大学文学院教授刘慧兰与一群师范大学生无意中聊起了中学时代。同学们你一言我一语地说着自己就读的高中，刘慧兰告诉他们："我是个中师生，我的学校现在已经不存在了。但你们能从我的身上，看见我的学校。"

　　"他们永远是优秀的。"有人认为，从 20 世纪 80 年代以来，社会上各行各业做得好的，普遍都是师范生，无论是从政还是经商。各行业的精英，有相当一部分都是教师改行的。也有人说，很长一段时期，市县一级政府机关选拔公务员，都是直接从学校老师里挑选，以至于很多地方的教育系统明文规定不允许老师跳槽，不允许在教师队伍里挖人。无论是在教育系统里，还是在教育系统外，整个社会都活跃着令人拍手称道的中师生。

第五章　再度兴起的"师范热"　|

2019 年夏天，杨大萍的女儿小妮高考超过省里划定的一批本科录取线九十分。这样的分数，就近读赫赫有名的四川大学都没问题。但杨大萍给小妮填报了外省的一所老牌部属师范大学，专业是数学教育。这是杨家的第四代师范生。对了，杨大萍早逝的父亲，也是一位乡村教师，虽没有正规学历，却也在县里接受过一年的师范培训。

最初，小妮是拒绝当老师的。"我不想和你们一样吃一辈子粉笔灰！"小妮朝杨大萍吼道。

"哪儿有粉笔灰呢，现在上课都用新媒体课件。"杨小萍帮着姐姐说服侄女，"再说，现在做老师吃香呢，工作稳定又有编制，还有寒暑假。你去问，连不是师范专业的'985''211'的优秀大学生都争着考教师资格证，挤破头进学校呢。"

小妮隐藏在内心的想法是，她有些瞧不上高中班的几个主科老师。他们与姨妈杨小萍年龄相仿，多数来自川北的一所师范学院，当年属于本科"踩线录取"的大学生。倒退十几年，在西南省份地级市的中学里，师资来源大多限于本省。是呀，自己是不用使全力便能轻轻松松踏上一本线的学霸，而老师们却是当年拼尽全力才刚刚够着本科线的中下游的学生，甚至是靠着函授学历立足的中师生。所以，高中的优等生小妮和她的好友虽然表面上很听老师的话，但并没有多么欣赏或佩服自己的老师。这也是小妮排斥当老师的重要原因。

　　杨大萍姐妹俩却看得清楚，自 1999 年开始的十余年间，因为国家政策调整而一度陷入报考低谷的师范专业已经再度火热起来。近几年，高校师范类专业尤其是公费师范生，报考人数和投档分数线逐年走高，甚至出现了在同一所高校带上"师范"二字的专业录取分数线超出非师范类同专业的情况。"师范热"持续升温，有事业编制、收入稳定、社会地位逐步提高的教师备受青睐。

　　也是这几年，社会上开始出现指导考生家长填报志愿的"专家"。被请来帮着小妮参考院校的"专家"是杨大萍中师时的同班同学，姓黄，大家都尊称他"黄老师"。当年，黄老师几经波折留在了中师做学生管理工作。1999 年之后，中师历经合并和两轮"提级升位"，由中师到地区师专最后成为一所省属师范学院。黄老师也由年级辅导员一步步走上文学院党总支书记的位置。据说，黄老师对高考招生政策门儿清，在他的一番点拨下，原本很可能报二本的"骑墙分数"，竟能通过田忌赛马般的运筹，顺利拿到一本大学的通知书，并且是好专业，学生毕业时很快找到了满意的工作。

　　杨大萍姐妹俩都说不动小妮，还得黄老师上阵，推心置腹。

　　"我们读大学的目的是什么？恐怕不是秀一秀自己考了个名气大的学校，让周围人羡慕一番，而是提前为自己规划好职业，简单说就是生存与饭碗，这才是第一位的。"

　　黄老师给小妮举了两个例子。学生甲，高考成绩在地区名列前十，凭着个人兴趣填报了上海一所鼎鼎大名的综合大学，又读了听上去最时髦的专业，结果几年下来，考不上研又找不到工作，如今为了生存，在省城跑外卖。学生乙，高考成绩刚刚跨过二本线，高不成低不就，最后填报了他（黄老师）所在的那所师范学院，还没毕业，县里的重点中学就伸出了橄榄枝。

　　几个故事绘声绘色讲完，黄老师瞅了瞅小妮，见她似乎在思考着什么，眉头皱着，露出疑虑之色。

　　"哦，你是不愿意去县里工作？没关系，你的成绩好，可以填报部属师范大学的公费师范生，只要求回本省就业，到时只要联系到接收学校就可以留在省城或地市。"黄老师赶紧做了说明。

　　2007 年 5 月 9 日，国务院办公厅转发《教育部直属师范大学师范生免费教育实施办法（试行）》，师范教育再次实行公费，标志我国教师教育政策迈入了新阶段。2018 年 8 月 10 日，《教育部直属师范大学师范生公费教育实施办法》对部属师范大学师范生公费教育政策进行了系统全面地规定，将"师范生免费教育政策"调整为"师范生公费教育政策"。该政策是指由中央财政负责师范类学生在校期间的学费、住宿费，并发放生活补贴，但学生四年毕业以后一般回到生源省份从事至少六年教育工作。"十三五"期间，六所部属师范大学累计招收公费师范生三点七万余人，有二十八个省份通过在学免费、到岗退费等多种方式，实行地方师范生公费教育。中央财政加大对师范教育的支持力度，中央高校师范生和公费师范生的生均拨款标准分别提高了三千元和五千元。

有人评价，大力发展公费师范教育是时代发展的必然要求，也是促进教育均衡发展、优化教师队伍结构的关键一步。这不仅有利于提高中小学教师队伍的整体素质，也有利于发扬我国数千年来形成的尊师重教传统，更有利于促进教育均衡发展与推动教育公平。

在母亲、姨妈和黄老师等人的极力劝说下，小妮终于答应做一个师范生。"按协议入编入岗任教服务不少于六年，在此期间不得报考全日制研究生"，这条限制却是小妮难以化解的心结。

"不读全日制研究生又如何？我拿的成人自考本科文凭，你姨妈前几年不也是一边工作一边读研吗？"杨大萍开导小妮。

后来，小妮也在电话里自豪地告诉杨大萍，周末她和几个同学到培训机构辅导初中生数学作业，遇到大家都嫌笨的孩子，她过去三言两语就把一个基本概念讲通了，孩子还能举一反三做难题呢。看来，自己很有教书育人的天分。

与"师范热"相呼应，师范生的培养蓬勃兴起，2021 年起,"优师计划"开始实施,其全称为"中西部欠发达地区优秀教师定向培养计划",是每年在全国普通本科招生计划中专门安排一万名左右的优秀教师定向培养专项。由教育部直属师范大学和地方师范院校承担招生及培养任务,采取在校学习期间免除学费、免交住宿费并补助生活费的方式,为八百三十二个脱贫县(原集中连片特困地区县、国家扶贫开发工作重点县)和中西部陆地边境县(以下统称定向县)中小学校定向培养一批优秀教师。

"优师计划"分为国家"优师计划"和地方"优师计划"。国家"优师计划"由北京师范大学、华东师范大学、华中师范大学、东北师范大学、陕西师范大学、西南大学等六所教育部直属师范大学承担培养任务。地方"优师计划"由省属高校承担培养任务,不一定全为师范院校,各省也有差异。

填报"优师计划"的人很多。小妮所在的那所知名部属师范大学,填报"优师计划"的人数远大于"公费师范生",其中不少是按照高考分数可以读北京、上海等地顶级综合大学的优秀学生,也不乏来自北上广深一线大城市、家境优渥、见过大世面的年轻人。2010年以前,在师范生里,农村生源占比接近百分之七十,县城及县城以上的城市生源比例则明显小很多,这与师范生的免费政策及教师岗位的稳定性密切相关;同样,2010年以前,"工作稳定"并不是高校优秀应届毕业生的"最优选",除了师范生,很少有其他专业的毕业生主动朝"当中小学老师"这条路子靠。现在一切正在发生变化。据统计,近十年,教师资格考试报名人数由最初的十七点二万人次跃升至如今的一千一百四十四点二万人次。

任何选择都需要认真权衡。黄老师从 2021 年起，应家长之邀指导填报高考志愿时，反复告诫那些对新兴的"优师计划"心动不已的家长："虽说这个计划能让孩子毕业后稳稳当当端上铁饭碗，可他们的毕业去向是那些刚刚脱贫的乡镇，条件比较艰苦，孩子如果从小养尊处优，能在这些地方待上六年吗？"黄老师把细节说得很清楚，可家长、考生都连连点头，表示吃得下这个苦。

"说是这样说，但毕业后他们真能在不发达的乡村里屈居六年时间吗？"黄老师很怀疑。因为，这些准备填报"优师计划"的考生，将来可能被分配的学校，正是之前师范院校部分应届毕业大学生参加"国家支持贫困山区教育计划"去过的地方。那里是封闭的大山，师资力量贫乏，教学环境很差。在那里，一个支教大学生要教两三门课，还要自己砍柴生火做饭，但应届毕业生支教通常在三年内结束。经过一场艰苦的脱贫攻坚战，这些乡村学校虽说硬件条件好了很多，但要是跟城里比，依然差距巨大。黄老师对这些家长和孩子隐隐有些担忧。

近两年，师范类专业报考热度，还不声不响地从高考传导到考研。曾有一份调查显示：

2022 年，报考哈尔滨师范大学硕士研究生的考生总数达一万一千一百零五人，较去年增加了一千八百七十四人，增幅百分之二十，报考人数首次突破万人。

2022 年，第一志愿报考杭州师范大学硕士研究生的考生总数为一万四千零二十五人。其中，全日制一万三千一百二十九人，非全日制八百九十六人。相比 2021 年，总报名人数增加三千四百五十五人，增幅近百分之三十三。

2022 年，报考西北师范大学硕士研究生的考生总数达一万七千二百七十二人，比 2021 年的一万三千五百七十五人增加三千六百九十七人，增幅百分之二十七点二，报考人数创历史新高。

据说，还从中涌现出四个"最难考研"的师范院校：北京师范大学、华东师范大学、华中师范大学、东北师范大学。

在教育专家看来，师范类报考热主要有三个因素：

一、政策利好，就在 2021 年，教育部还发布公告，提出修订《中华人民共和国教师法》，不仅在收入层面保障教师过得体面，还将从荣誉表彰、住房优惠、医疗待遇、退休待遇等方面保障教师的社会地位。

二、受疫情和经济回落的影响，近几年就业形势越来越严峻，越来越多的考生及家长求稳的心态，这也成为师范类院校招生水涨船高的重要因素之一。

三、由于考生长年在校学习，对社会了解有限，不少考生在填志愿时对大学专业的认知不够全面，对未来也没有清晰的规划。由于师范类专业多为基础学科，一般有汉语言文学、数学与应用数学、英语、物理学、化学、生物科学、思想政治教育、历史学、地理科学等，对部分尚不明确未来发展目标的学生而言，选择宽口径的师范专业，将来不论深造还是就业，未来可选择的面比较广，这也是一些考生的实际考虑因素。

与此同时，也有专家在公开场合表达了自己的担心：教师这份职业很特殊，需要的恰恰是爱心，而不是功利心。考生填志愿时趋利避害，若带着这样的功利心填报师范学校，毕业后还能成为合格的人类灵魂工程师吗？

2021年9月，那次杨小萍组织的同学聚会之后，我于2022年4月正式拜访了在省城某师范大学工作的刘慧兰。我与她在大学附近的一家咖啡店见面。那时，刘慧兰正在主持一个省级教改课题——《关于师范生跨学科课程设计能力的培养》，她说："未来要成为好的老师，师范生首先在专业上一定要成为强者，要努力具备两种能力——专业能力和教育能力。"

那天，因为在课题论证会上相持不下的争论，刘慧兰迟到了将近半个小时。近前来，一看便知她最近很疲惫，还特意戴着粗框眼镜遮挡明显的黑眼圈。

刘慧兰告诉我，除了做课题，她还常常与几个在少数民族地区做"西部计划志愿者"的毕业生交流，他们都是她指导的毕业论文，后来越发熟悉。

"虽然眼下'师范热'持续升温，但对大多数师范生来说，就业在当下愈发困难了。"刘慧兰说出了自己的看法。在她看来，现实问题不容乐观：

一、实际上，每年教师需求量远远小于师范类毕业生的数量，多数师范类毕业生成不了"在编教师"。

二、很多师范生在毕业后不想当老师或者考不上教师编制，想转行做其他行业，却发现人才招聘会除了课外辅导机构，很少有企业需要自己这个专业。随着"双减"政策的落地，校外培训机构大量减少，师范类毕业生的就业出口受到进一步压缩。

三、大城市及重点发达地区教师招聘条件在逐年提高。就像浙江省某中学公开聘用正式教师的录用名单，录用的总人数是十六人，从学历学位情况来看，基本上是清一色的硕士研究生。

四、随着出生人口连年下降，未来很多行业会因出生人口下降而受到影响，首当其冲的就是教育及教师行业。

2021年，刘慧兰重点关注的一个将近六十人的师范班，进入中小学任教的应届毕业生不到一半，其余的要不工作待定，要不就设法做了"西部计划志愿者"。

刘慧兰说，当了"西部计划志愿者"的学生，因为各有所长，有的善写作，有的善协调，几乎都留在县里的街道工作，每天奔忙于数不清的繁杂事务之中。

有学生跟刘慧兰说，感觉师范生四年所学的知识，在基层一线的忙乱中都慢慢耗尽了，以后如果有机会站上讲台，不知道还能不能讲好一堂课。刘慧兰告诉他，任何时候，你的心里要有方向，清楚你究竟想做什么，眼里要有光，把今天做的每一件事都作为极好的锻炼，坚持，再坚持。有学生明确地告诉刘慧兰，"志愿者"结束了，她会立刻报考研究生，想到这段经历会为她考研加分，再苦再累她都浑身充满力量。也有学生因为在机关里表现突出，顺利通过当地公务员考试，进入体制内。

"在这个时代，万事皆有可能。"刘慧兰说。

我与她说话间，数个男女学生拿着尚散发新鲜油墨气息的求职简历，谈笑着从咖啡店旁的打印店走出来。两个学生看见坐在咖啡店露天小院里的刘慧兰，忙不迭地向她打招呼："哎，刘教授好！""好呀，加油！"刘慧兰朝她们挥挥手。

"教育是一项塑造灵魂的事业，若选择了做一个师范生，也就是主动选择了责任。作为培育下一代的未来教师，师范生尤其需要对职业的敬畏心。无论未来面临什么，只要知道，我始终有勇气走上三尺讲台就好。"刘慧兰接着对我说。

第六章 你为什么大学选"师范"？|

——以师范类"汉语言文学"为例

你为什么大学要选师范？这是我在 2023 年至 2024 年走访师范类"汉语言文学"专业的大学生时，提出的第一个问题。这些来自全国各地的师范大学生，有的已经毕业三十多年，有的还在读书。

有人会问，你为什么非得选取"汉语言文学"这块去采访？师范专业的面很广，除了师范类"汉语言文学"，还有数学、英语甚至美术、音乐方面的师范专业呀！我想说，既然是师范生，那么必定有他们的共性，这个共性非常重要，再说，如果各个专业的师范生都要写到，那未免太散也未必能写得深入。况且，我自己是个早年的"汉语言文学教育"专业的师范大学生，对这个群体最熟悉、最有亲切感，所谓一叶知秋吧，就选择了这个作为样板来采访。

一 理想与命运的"双重奏"

2024 年 3 月，我在某省城见到吴峰岚，这位 99 级师范大学生依然在做初高中学科培训。在过去两年，他并没有听从身边朋友的建议，转去做艺术培训。因为一则他不熟悉艺术教育，二则披着艺术培训的外衣，却私底下偷偷做学科培训的活，挂羊头卖狗肉，违规违法不可取。过去两年，他的培训机构主要做"一对一"补习。虽说"一对一"价格高，每次课的费用高达数百元，但孩子第一的传统观念，驱动着不少家长报名。去年年底开始，形势有了一些松动，吴峰岚又把学科培训的相关课程重新做起来。同样，熟悉他的家长纷纷闻风而来，市场需求的确存在。周末的晚上，写字楼十二层一连串的五个十二三平方米的办公间改成的教室，坐得满满当当。

"在我国，尤其是大城市里，只要是为了孩子的学习，家长往往倾其所有，不吝付出。"吴峰岚说。

吴峰岚出生在一个普通的城市家庭。父亲开出租车。母亲先是在一个街道小厂做塑料花，厂子垮了以后自己经营一家早餐店。父母的工作都不稳定，使得他们迫切希望孩子能捧个铁饭碗，"不求大富大贵，只求安安稳稳"。显然教师这个职业就是首选。

吴峰岚不是个听话的孩子，小学时就让老师头疼，十二三岁就开始进入与父母对着干的逆反期，虽然成绩一直还算过得去。吴峰岚一开始根本没有想过要当老师，但高一的暑假，他无意中看了电视剧《校园先锋》，被片中那位在高中课堂锐意提倡素质教育的年轻班主任深深打动，原来中学校园还可以这样实现自己的理想！他开始向往当中学老师。还有一点，因为吴峰岚的成绩在那所省重点高中的文科班里，也只在第十名前后徘徊。1999 年的高考，虽说即将到来的全面"扩招"让家长和考生微微缓了口气，但现实却依然严峻。吴峰岚明显觉得自己数学考得很差，总分一百五十分，可能连及格的九十分都拿不到，但其他科目，比如语文、英语、历史、政治，都感觉考得很不错，所以填报志愿的时候，他几乎都填的"师范"。那些年，社会上最流行的专业是经济管理、自动化、土木建筑和电子信息技术等，当老师不算最好的选择，师范院校的分数普遍不高。1999 年，先填志愿后出成绩，绝大部分考生为了确保能有学校上，都会把成绩预估得低一些，再对应着院校已往的调档分数来稳妥地填报志愿。从 2014 年起，高考成绩公布后，学生可以根据自己的具体情况再次调整志愿顺序或选择报考院校，这样的改变给予了考生更多的自主权和选择权。高考成绩公布了，与吴峰岚先前的预料差不多。他填的"提前批"，位于西南的某部属师范大学落了空；"第一志愿"，以新闻专业见长的某名牌综合大学也落了空。最后，他被那所省属师范大学录取——这所师范大学的"汉语言文学教育"在全国都还算有名气。

整个大学四年，吴峰岚都在为当好一个高中语文老师做准备。尽管从他入学开始，"师范大学生教小学"已经不是一件新鲜事。进入 21 世纪，我国高等教育快速地由精英化迈向大众化。《中国教育年鉴》表明，2000 年以来，小学教师中具有大专及以上学历的教师，以及初中教师中具有本科及以上学历的教师所占的比例逐年增加。师范大学已不再包分配，来自外地的优秀大学生如果想在省城扎根，那么教小学也算一种选择。那时，省城的知名小学对师范本科生充满厚爱，无论是生活待遇还是发展前景，都按最好的配备。有毕业生任教两年，就当上了年级组长。大学四年，吴峰岚的专业素养和口才，在同学里都出类拔萃。在院系的大力推荐和家里亲戚的助力下，他如愿进了一所省重点中学。校方原本承诺让吴峰岚教高中语文，但入职时却让他先去初中部任教，因为"高中的升学压力更大，新老师要先去初中锻炼锻炼"。几年初中教下来，吴峰岚看见了现实与理想之间隔着的那道鸿沟，老师与学生之间是不可能形成电视剧里的那种默契的。因为学生被分数所困，老师则被学生的分数所困，学校和家长必须要看分数。吴峰岚说："现实里，除了考试成绩，其他很难兼顾。"

素质教育，也不是凭一己之力想推广就能推广。在一堂语文课上，吴峰岚拿起吉他弹唱课本上的古诗词，学生纷纷拍手叫好。那节课，吴峰岚有满满的获得感，可就在他还沉浸在"变换教学形式"的喜悦之中时，有家长打电话向他表示了担心："吴老师，课堂上还是要以教学为主。你在课上弹吉他，我家孩子看了说酷，闹着也要买把吉他。恕我直言，这就有些不务正业了……"一盆冷水立马浇灭了吴峰岚心头的小火苗。所以，他后来辞职去做培训机构，也是基于"看清了现实与理想的差距"。

"对培训机构，我知道，社会上存在不同的说法。有的说他们的存在，让中国基础教育卷得厉害，让孩子们在强烈的危机感里早早失去童年。我却是真心希望培训能够提高孩子们的成绩，让他们先凭着成绩考进理想大学，然后再有机会聆听自己的心声，走自己想走的路。"吴峰岚对我说。

黄秀杰说，高中时期的她"弓弦都要拉断了"。保送到那所顶尖的教育部直属师范大学，不再执着于备战清华北大，是命运让她这个一直好强的尖子生放松一下的必要之举。

在旁人眼里，1984 年出生的黄秀杰从小学到高中一路保送，这个女孩实在太优秀了。可"优秀"竟然不知不觉成了黄秀杰的负担。与初中的几个"对手"一起保送到顶级重点高中的同一个最强班，新一轮的巅峰角逐再次开始。从高一开始，黄秀杰就被失眠所困，每天一躺下，就琢磨白天考试的那道数学压轴题还有没有"最优解"，翻来覆去一整晚，第二天顶着一对黑眼圈上课，脑子里嗡嗡直响。她甚至会自我惩罚。如果某次考试没有进入班里前三，那么她就把试卷上丢分的题目都一连重做三遍。她的脾气越来越暴躁，跟同学一言不合，就会争吵。高二的时候，一次物理考试，她做到一半，就突然把卷子扔到地上，然后崩溃地跑出教室……那时，班里新来了一位年轻的班主任，她看出了黄秀杰的不对劲儿，找到这个女孩谈心。黄秀杰大哭着告诉班主任，说自

己物理和化学学起来很费劲儿。这句掏心窝的话，她吐出来，
犹如吐出了一根卡在喉咙里的鱼刺。若干年后，当了高中语
文老师的黄秀杰，对着我这个采访者自我检讨，之所以物理、
化学学不好，很大一部分原因是"家里太宠，只要她好好学
习，所以十指不沾阳春水"。你看，日常生活里的常识都不了
解，又怎么能掌握与日常生活紧密相关的物理、化学呢？要
让孩子干家务的，这很重要。

　　"那你的打算是什么呢？"班主任问抽泣的黄秀杰。

　　黄秀杰告诉班主任，她想改"文科"，因为她不仅语文、
英语成绩好，平常对历史、政治也感兴趣。班主任知道这个
优秀又好强的女孩子其实是在逃避理科班的激烈竞争，但她
认为，升学也好，学习成绩也罢，与身心健康比较，前者实
在微不足道。这位班主任曾亲眼看见有人在高中时"弦绷得
太紧而引起了精神病"。她想着，离开理科"火箭班"的激烈
竞争环境，或许黄秀杰真能喘口气。在这位班主任的帮助下，
黄秀杰换了班。换班的过程很艰难。因为和大部分重点高中
一样，理科班是这个学校的"拳头产品"，理科"火箭班"的
前十名，都是冲清华北大的尖子生。在文科班，黄秀杰初时
确实轻松了很多，久违的笑容又回到了脸上，直到同时教理
科班和文科班的数学老师在某次年级联考后说，"文科班就是
'瘟科班'"。有一个事实，历来的文科班，确实都汇聚了不
少的真正学不好数理化的学生。因为老师无意抛出来的这句
气话，来自理科"火箭班"的高才生黄秀杰感到很屈辱。为
了争口气，她一下子又回到了紧绷的状态，敏感易怒失眠，

重新回到她身上。

"我在理科最好的班都名列前茅,这怎么就成了'瘟科班'的学生了?不行,我必须证明给你看!"

就这样绷着,高三"一诊"她虽然毫无意外是文科班的第一名,但数学成绩下滑得很厉害,过去接近满分,这次却丢了二十多分。有一道大题她明明很熟悉,却怎么也想不出它的解法。后来,她渐渐出现动不动就哭泣的情况。老师都暗暗为黄秀杰的心理状态着急。所以,当高校保送指标下达到学校的时候,高三年级组长立刻想到把其中一个指标给黄秀杰,说:"她认真、细致、负责,很适合当老师,何况这算中国最好的师范大学。"刚开始,老师还担心黄秀杰会拒绝这个保送指标,一门心思考更好的大学,比如清华北大。学校没有清华北大的保送指标,上一届一个要强的男生就拒绝了保送,最终硬是凭本事考进了北大。没有想到的是,黄秀杰爽快地接受了学校的保送安排。

"我也累了,想休息休息。"黄秀杰说。

在其他同学玩命冲刺高考的那一段时间,松弛下来的黄秀杰找来了各种小说,包括武侠小说和都市言情。别人做题,她读闲书。

"我读师范不仅仅因为保送,也有我自己的想法。读书太苦了,我那时就想着要做一个善解人意的好老师,把高中学生从题海战术和升学内耗中解救出来。"黄秀杰说。

《光明日报》2020年的《后"掐尖"时代的普通高中教育发展特征》的"编者按"指出:"我国的普通高中教育,经过近百年的发展，已从面向少数人的、偏重学术的精英教育转为面向大众的、注重公民素质和公民精神的普及教育。普及高中教育背景下，为了规范高中教育秩序，营造高中教育的良好生态，教育部明令严格规范普通高中招生行为：严禁违规争抢生源，'掐尖'招生、跨区域招生、超计划招生和提前招生。'掐尖'时代的高中教育正退出历史舞台。后'掐尖'时代的普通高中教育，更强调对'人'的关注，更强调对人的核心素养的整体性的培养。后'掐尖'时代的普通高中教育，需从以往相对单一且片面追求升学的应试模式中走出来，探索多样化的育人模式，以满足社会对人才的多样化需要以及人的个性化发展的需要。"

黄秀杰告诉我，她现在是某高中"美育班"的班主任，班上的孩子，都立志于考美术、音乐、播音主持、表演等艺术专业。在她念高中的时候，抱着这样志向的同学被分散到最差的理科班或文科班。艺术生因为与众不同的个性特点，以及常常需要请假进行专业学习，文化成绩差，而被老师同学疏远和歧视。面对差别对待，艺术生像一只只多着刺的刺猬。但现在，一切都不一样了。

"我常常鼓励我的学生，要勇敢追求自己的理想。"黄秀杰说。

二 一波三折后的终选

见到刘清泉的时候，他正站在一幅红红火火的"巫溪嫁花"旁边。他并不着急进入访谈主题，而是跟我聊这种2021年被列入第五批国家级非物质文化遗产代表性项目名录的民间艺术，以及将这种传统美术灵活转化为各种创意产品的大学生。刘清泉是某师范大学美术学院的党委书记。一眼看上去，花白头发微长的他颇具艺术气质，让人想起美术学院工作室里忙活着的油画系或设计系的教授。但刘清泉当年却是个学中文的师范大学生。

1992年夏天，刘清泉从这所师范学院的汉语言文学教育专业本科毕业时，大学不仅全包分配，还人性化地允许学生与就业单位双向选择。那一年，酷爱诗歌创作且在学校的文学社"嘉陵潮"当了两年主编的他，原本接下了《绵阳日报》率先递来的橄榄枝，准备毕业后到报社上班。因为报社工作离文学最近，在那里他最有希望成为作家。但刘清泉却被意外留校。原来，学院成教处的处长常常读到他写的东西，便看上了他。留校当然是众多大学生梦寐以求的选择。去成教处上班之前，按照当时的要求，得先下到某县教育局锻炼半年。刘清泉在教育局的成教股干了半年，负责的恰好是函授。20世纪90年代，很多在农村任教的中师毕业生有通过函授取得更高学历的现实需求。刘清泉在县里接触了许多乡村小学教师，说："他们身处偏远乡村，平时既要上课，还要坚持在职学习，确实很辛苦。"那时，他切身体会到自己能考上师范学院并且毕业即留校，是多么的幸运。

"回头看看，当年我考师范学院，其实是一波三折之后的选择。"

刘清泉出生在四川的一个农家，父亲是位在抗美援朝战场上拿过三等功的老兵。当年，父亲退伍回乡后拒绝到乡卫生院吃"皇粮"，接着无师自通地学兽医，给猪、牛、鸡等家禽家畜治病，在十里八乡很受欢迎。也正是因为父亲的一技之长，刘家在村子里算得上富裕。读初中的刘清泉的口袋里也有了一点儿可以自行支配的零花钱，这在当时的农村很不容易。少年时代的刘清泉，聪明又调皮，骨子里很骄傲。这头他偷偷摸摸翻墙到镇上看录像，回来时却在生着苔藓的墙头被老师抓个正着，被要求请家长；那头，喜讯轰隆隆传来，刘清泉又拿了县里"听说读写"比赛的冠军，转天被开心的校长喊到学校的台子上，当众表扬。老师都说，这个娃娃呀，是个典型的"两头尖"。出格的事，刘清泉三天两头儿干。

一次，他拿口袋里的零花钱，请了几个要好的同学出去吃饭，下午上课又迟到了。这一回，语文老师把刘清泉叫到了办公室，先是沉默着不说话，任由时间在沉默中慢慢过去。即使再调皮的少年，在周遭这般安静却透着不安的气氛里，都有些手脚无措。十分钟后，语文老师才开口，他让刘清泉坐下，然后从自己的故事讲起。作为一位优秀的中师生，这位老师原是不甘于埋没在这个小镇的庸庸碌碌中，他也是个骄傲的人，如今安安稳稳地在这里扎根，是因为看见了光亮——这个学校有很多未来可期的好苗子，感到付出可能会有回报，所以才从郁郁不得志重新变得满怀希望。老师的希望里，包括刘清泉。讲到这里，语文老师看着刘清泉，跟他说，做人要踏实，不要趾高气扬，专心低调地做好自己的事，必定能有更多的收获。

嗯，刘清泉点点头，仿佛懂了一些。

与 20 世纪 80 年代的农家子弟一样，刘清泉也考过中师，但没能考上。摆在他面前的，是普通高中这样的"第二志愿"。遭遇这个挫折后，刘清泉不打算"初升高"了，想就此跟着父亲学手艺。"似乎除了语文，其他功课都很辛苦。"语文是他的最爱。他小学时就偷偷读四大名著。小孩子终究拗不过家长，在父亲的坚持下，他去了另一个镇念高中。1987 年，刘清泉颇为顺利地通过了高考的预考。初战告捷他十分得意，不料却在高考真正来临时失利了，只上了中专线。那时，高考能上中专，也算个不错的选择。但自尊心强的刘清泉说什么也不愿意，他的执拗，让父亲觉得不可理喻。刘清泉直接告诉父亲，中专他不会去读，自己打定主意，跟着父亲干活。在少年的刘清泉看来，小学毕业就辍学的哥哥很厉害，会开拖拉机，又办了个砖厂，自己将来也可以像哥哥那样。

看刘清泉那么坚持，父亲也就不再说念中专的事了，而是让他第二天跟着自己一起去打谷子。父亲说："你不是要跟着我干活嘛，那就从这里开始。"

在丰收的稻田里割稻子，毫无农活经验的刘清泉，脸上、手上到处都是干枯锋利的水稻叶子拉的口子。好不容易收完了，接下来要把水稻一担担地挑到晒谷场去。两担水稻少说也得有一百七八十斤。村民问他这个书生："你行不行啊？""行！"刘清泉咬着牙回答，虽然看着眼前一捆捆金黄的水稻直发怵，却装着不露半分怯。两个担子装得满满的。嘿！又瘦又小的刘清泉使尽全力，晃晃荡荡地挑着水稻往前走。去晒谷场得经过几条沟渠，原本每条沟渠为了方便过路，都搭着两块木板。可父亲却故意抽掉一块木板，让没有经验的刘清泉过渠又费劲儿又麻烦。第一天收工回家，刘清泉浑身就像散了架一般，肩膀更是火辣辣地疼。父亲笑眯眯地问："怎么样，还吃得消吧？""没问题，明天我还能继续干！"刘清泉很倔强。第二天，他又拼命干了一整天，终于吃不消了。一直读书的孩子原本就没怎么干过农活儿，就算是之前打猪草，要不就是做游戏从小伙伴手里赢过来现成的，要不就是偷人家田边种的厚皮菜，真的没吃过什么苦。当天晚上，刘清泉对父亲说，他愿意去复读高三。父亲一口答应了。

这次复读，刘清泉格外认真。在复读班，他意外地在《诗刊》上读到了重庆诗人华万里的诗，第一次发现诗歌还可以这么美。在这之前，他一直认为新诗就是一些长短不一的句子拼凑而成的。这是艰苦的复读之外，令刘清泉惊喜的一大收获。1988 年高考，他在"提前批"志愿里填报了位于重庆的某师范学院汉语言文学教育专业。那时，所有的师范本科院校都属于高考志愿里的"提前批"。这凸显了时代对高学历教师的强烈需求。在川渝地区，成都、南充和重庆都有师范院校。刘清泉幼时就读过《红岩》，心里一直敬仰英烈，"红岩"情结让他最终选择了重庆。那年，他的分数远远高于这所省属师范学院的录取线，幸运地获得了入学奖学金。

20 世纪 80 年代是一个难得的文学时代，更是诗歌的黄金时代。那些年，沉寂已久的文坛一下子活跃起来，大量优秀的文学作品不断出现，并源源不断地呈现在作者眼前。社会上文学青年处处可见，大学校园更是文学青年的聚集地。那个年代的师范大学生几乎人人都喜欢文学，中文系的年轻人更是狂热。他们随时随地谈论最新的小说，周末组织诗会，朗读时下流行的诗歌，相互传阅文学书籍和期刊，有缘者亦渐渐走上文学之路。在几位酷爱文学的大学老师的影响下，刘清泉也成了文学的有缘人，他的诗歌处女作发表在《草原》杂志上。靠着发表文学作品，刘清泉还拿到了二等奖学金。

"不论我后来做什么工作，汉语言文学教育专业一直是我人生的底色。"刘清泉说。

三 她们的回答

2007 年秋季，部属师范大学公费生制度开始在新生中试行，当时称为师范生免费教育。这一制度首先在北京师范大学、华东师范大学、东北师范大学、华中师范大学、陕西师范大学和西南大学等六所部属师范大学实行。2018 年 2 月，教育部等五部门将"免费师范生"改称为"公费师范生"，并将履约任教服务期调整为六年。2018 年 8 月 10 日，国务院办公厅印发了《教育部直属师范大学师范生公费教育实施办法》，系统全面地规定了部属师范大学师范生公费教育政策。

当年，公费教育的政策甫一回归师范大学校园，大家便纷纷奔走相告。老教授感叹着师范教育的春天就要到来，高中毕业班的班主任在班会、家长会上宣传这个好消息，学业优秀的贫家子弟更是为此欣喜万分。申国昌等人的《中国师范教育发展史》认为，公费师范生教育回归，有特殊的时代背景：师范生交费上学直接影响到师范院校的生源，进而会影响到基础教育的质量；农村中小学师资流失严重、老龄化现象严重、教育方法落后等等，难以适应教学发展和改革需要；部分师范院校有意淡化师范特色，偏离培养教师的教育目标；实施公费师范生教育，可以支援贫困地区农村和条件艰苦的基层的基础教育，有利于"三农"问题的解决；国家有充足的财政资金确保公费师范生教育的实施。

2024年春天，我采访了数个近十年毕业的部属师范大学汉语言文学专业（师范）的公费师范生，他们几乎都表示，当初选择读师范的重要原因之一是"读书免费，而且毕业后能顺利入编"。他们确实如愿以偿，都在城市里的中小学任教，而且表现十分优秀。有人告诉我，现在部属师范大学的师范专业高考分数都特别高，比起一般的"985""211"院校，报考难度更大。这两年，也有其他非师范专业的大学生考了教师资格证，然后加入西部志愿者计划，或者报名去基层服务，之后再设法考教师编制。有一位前年毕业的公费师范生的回答让我记忆犹新。

"我为什么读师范？除了毕业后能顺利得到一份相对稳定

的工作，还因为我想凭一己之力去影响那些陷入升学内卷的学生和家长，虽然我个人的力量微不足道。"

他告诉我，学习的心态很重要，他高中三年始终都举重若轻。他的当小学老师的父母也对他没有太多要求。他们只要他尽力就好，健康最重要。他有一个非常优秀却在十三岁时因为疾病而夭折的姐姐。他记得，高中时他的教室在五楼，宿舍在六楼，爬楼对同学们来讲，是一件不愉快的事。但他每天爬着楼梯去教室或回寝室，都大声地和一个女同学对唱流行歌曲。那个女生是班里的一个极聪明的中等生，高考一鸣惊人，进了浙江大学。"现在回想起那种情形，真的很放松。其实学生们内心都应该有一座属于自己的小花园。"他说。

当下，公费师范生毕竟是幸运的一部分，更多的是从1999 年扩招以来一路走到今天，面对更多不确定性和种种挑战的普通师范大学生。

"你为什么读师范？" 2024 年 5 月，我采访了几位非部属师范大学汉语言文学（师范）专业的在读学生。恰巧，都是女生。女生似乎更愿意诉说。

2022 级的秦同学发了三十多条长长短短的微信语音，不仅回答了我的提问，还附带谈了她的理想以及担忧。

秦同学来自一个农村的单亲家庭。当年母亲带着幼小的她，鼓起勇气离开了嗜赌的父亲。母亲靠打工维持生计，收入很不稳定。秦同学目睹家庭的窘境，听从了外婆想要自己当老师的建议。是的，在当下，老师不仅是个好职业，学"中文教育"本身也利于考研考公。

秦同学曾在暑假做过家教，来她这里的都是邻居家的孩子，大部分是小学生。对一个师范生来说，当家教是一个了解接触学生的过程。刚开始，她觉得家长请自己辅导孩子，是想让孩子利用假期查缺补漏，好好学习。时间一长，她却看见了别的东西。这些孩子并不自律，手机、平板电脑等电子产品严重影响他们，他们趁着她不注意就偷偷刷抖音看视频。站在成年人的角度，她发现孩子们正被那些价值观不正确或低级庸俗的小视频和游戏所吸引。电子产品的危害体现在日常生活的各种细节中。秦同学与孩子的家长谈到这些严峻的问题，家长也连连摇头，表示他们平时很难管住孩子。秦同学这才明白，父母在假期把孩子交给自己，有更重要的一点，想让她这个"未来的老师"帮忙看住他们。

"当老师是一件难事，由此可见一斑。"秦同学说。

对非部属师范大学的师范生来说，未来的就业问题深深困扰着他们。就像杨小萍 2003 年毕业之际，在学校操场举办的大型应届生招聘会，已延续了整整二十年。秦同学所在的师范大学除了这样应时的招聘会，还有线上招聘等种种方式。有人幸运地保研或得到选调机会，也有人去了基层，参加"大学生村官""三支一扶""农村义务教育阶段学校教师特设岗位"和"大学生志愿服务西部计划"。在大学里，秦同学的想法曾发生过变化。她曾一度想过转专业，由现在的汉语言文学教育转换成汉语国际教育，之后又听说这个专业在国外并非想象中那样吃香，国内的国际学校对老师的学历及经历要求又很高。基于现实情况，秦同学只好打消了这个念头。但她还是希望人往高处走，毕业后第一选择是考研，并且考新兴的创意写作专业。但这个第一选择能否成行，不仅在于她能否考得上，更在于家里到时有没有这个经济条件。

"如果可以读研，那么我会先读书，然后出国去看看。"

"如果家里经济条件暂时不允许我读研，那么我会先找工作，当小学老师的可能性估计有百分之四十。"

"我非常关注青少年的人格塑造。如果我当了老师，那么要先教学生做人，然后再说学习成绩。"

2022 级参加地方"优师计划"的伍同学，则用大段大段的富含文学色彩的留言回答了我的问题。

"我选择这个专业，是受到了初中语文老师和班主任的影响。"她说。

伍同学是一个留守儿童，父母双双外出打工，所以从小学到初中都和外婆一起生活。虽然外婆宠着她，但因为缺少父母的关爱，小时候的伍同学孤独内向，不懂得如何与人相处，也因为不够自信而不愿主动与人交流。上了初中之后，与她交流最多的是班主任和语文老师。事实上，伍同学从小就很害怕老师，因为有的老师太过严肃让她恐惧；有些老师又始终与学生隔着一段距离，让她觉得陌生，不敢贸然去打扰。

关于语文老师，伍同学的留言写道：

"在我的印象里，初中语文老师是一位很好的老师，她像大姐姐一样和学生交流，又不失威严，主动关心学生。

"初一的时候，我当上了语文课代表，和这位老师相处得比较多。老师给予了我许多关心。比如，她得知我痛经，会送给我一些红枣；有时，她会和我交流她最近读的书，看我感兴趣，就会把书借给我。有一年冬天，老师把我叫出去，说她有一件棉袄穿不了了，想把这件棉袄给我。那件棉袄可好看了，很适合我。

"语文老师帮着我发现了自己的兴趣。她常常鼓励我主动写作，带我进入文学世界，曾当着全班同学的面说我的文字很有灵气。她亲自指导我写作，还把电脑借给我改稿子。她会因为我卷子里那些微不足道的闪光点，当众夸奖我……在语文老师营造的温暖花园里，我那缺失已久的自信心不知不觉生长出来了。

"少年总是害羞的，且不知道如何表达自己的感激，在现实中，又总是分外别扭。最明显的表现，就是每天都很期待语文课。

"初三的时候，因为学习压力，也因为与父母的紧张关系，我心里一度极为难受，被抛弃的痛感时时萦绕在心头。那段时间，我讨厌所有人，每天晚自习都借口上厕所，然后蹲在厕所写作业；有时候熬夜熬到凌晨两点多，其实很多时候在发呆；晚上常常偷偷地哭。一次因为被同学嫌弃是农村人，我用铅笔在墙上狠狠地写下'那又怎么样，我是来自原野的风'。

"也是初三那年，语文老师在不同的场合里，问过我三个问题。

"第一个问题是在我上课快要睡着的时候，她问我'最近怎么了?'第二个问题是当我因肠胃难受,在手臂上留下抓痕时,她突然问我:'快要毕业了,晓静,你有没有想要和我说的?'第三个问题是:'你有没有什么推荐的书,喜欢什么作家?'

"我是怎么回答的呢?

"第一个问题,我机械地说自己生病了。第二个问题,我冷漠地回答'没有'。这个回答让我至今仍觉得抱歉,但是我真的不知道该说些什么,除了感谢。第三个问题,我说在看《平凡的世界》,喜欢的作家是鲁迅。虽然我理解不了鲁迅的作品的深层含义,但先生的文字还是莫名地安抚了我。"

关于班主任,伍同学写道:

"在我印象里,班主任是很严厉又幽默的老师,他教的是数学,而我最担心的科目就是数学。那时我非常害怕他。

"初一的时候,这位班主任因为我在班上当语文课代表做得很好,又让我担任了班级团支部书记。他的信任让我觉得很温暖。他常常在班上说,自己也来自农村,农村的孩子一定要努力飞出去。

"初三那年,班主任也问过我一个问题,他问我未来想成为什么样的人?

"我说自己想成为一个 CEO。其实那时候我并不懂得 CEO 到底要做什么,我只是单纯地认为,如果我成了 CEO,会有很多钱,就可以改变现状?

"班主任听罢,看着我笑了,显然他看出了我的那点儿小心思,但他点点头,说:'很好,祝你理想成真。'

"在老师们那里，我得到了及时的关注与爱，他们给了我继续坚持学业的理由。我想要成为像他们一样的老师。同时我也想拯救自己，因为在这个世界上如何自处的问题常常困扰着我，所以我希望通过对母语的热爱，加强与世界的联系。"

伍同学说，因为她进入了地方"优师计划"，所以成为一名优秀的中学语文教师是她铁定的目标和追求。懵懵懂懂的大一过去，从大二开始，伍同学认识到要想实现自己的目标必须付诸日常行动，她开始做阶段性的任务计划，比如师范生技能练习和一些专业比赛，加入一个定期为小朋友辅导作业的志愿者组织，为小朋友们提供帮助，也不断锻炼自己。再比如，努力拓宽自己的视野。最近，伍同学一直学习素描和书法，这些都是她小时候很想学却没有机会学的，她说："老师们很专业，也都很温柔。每一笔落下时，我觉得自己干瘪的人生逐渐饱满起来。"

"虽然我没有参加过支教，但我所就读的初中和高中都是被支教的学校。"来自新疆的杜同学告诉我。

杜同学就读的中学在新疆的一个兵团，受到辽宁省援助。当年的支教老师给她留下了深刻印象。黑龙江师范大学援疆的生物老师，上课一口东北话很有趣。那位生物老师教大家使用显微镜观察类圆形、椭圆形、多面体形、纺锤形等五花八门的植物细胞。微观的世界很让人惊叹。还有一位支教老师来自广播电台，经常组织校园活动。他的性格很爽朗，平时总是穿着运动装或冲锋衣，人虽然年轻但却留着一把大胡子，看上去就是一个文艺青年。他经常在自己的 QQ 空间里分享支教生活。

杜同学告诉我，最终选择师范专业，是因为自己和家人都觉得教师是一个稳定的、受人尊敬的、又不会像财务会计那般劳累的职业。此外，从小与文科打交道的种种经历，使得她希望成为一位语文老师。

杜同学对未来颇有些忧虑。她想毕业后回到新疆当语文老师，但她能明显感觉到周遭的竞争压力，说："好一点儿的中学都把编制给部属免费师范生或研究生。"

不论未来求职的硝烟如何弥漫，杜同学都明确表示自己暂时不考虑去当小学老师。

就在上学期新开设的课程"教育政策法规与教师职业道德"中，杜同学了解到小学生属于"无民事行为能力人"。如果小学生在学校里受伤，需要学校举证，证明学校尽到了教育、管理职责。所以教师在日常就得及时做好记录，还要常常召开安全教育班会等，很烦琐。

在杜同学的认知里，小学生很容易出现安全意外。比如她自己。她是一个做事情小心翼翼的女生，但小学的时候还是被小朋友不小心绊了一脚，磕掉一颗大门牙。与这个意外相伴的，还有小孩子的童言无忌。她记得，发生这个意外后，一个玩伴说"你这辈子都找不上男朋友了"，令她难过了许久。

与小学生家长相处，同样也有些麻烦。因为很多家长还不能立马适应孩子从幼儿园到小学的过渡，所以对孩子的校园生活有诸多不放心，常常为一些小事主动联系老师。杜同学听说，小学一、二年级时，有的家长打电话问老师"孩子一天上过几次厕所"，有的家长平常格外留意孩子的成绩。但事实上，一、二年级的小学生还没有形成自主学习的意识。此外，由于小学生表述不准确，很容易令老师和家长发生误会。

"小学相对初高中更需要关注学生的安全，并且常常要跟家长联络沟通一些琐碎的事情。我个人不太适合这类管理模式，我更喜欢把精力放在课堂教学中。"杜同学说。

李同学告诉我，选师范专业是因为高考志愿文科类选择面比较窄，对师范专业比较感兴趣，而其中的中文教育是她最熟悉也很喜欢的专业。

李同学给我讲起她参加"线上支教"的经历和感受。

她在线上的课程是"健康幸福课"，主要关注小朋友的心理健康教育，内容包括正确认识情绪（尤其是消极的情绪）、我们从哪儿来（生命）、我们到哪儿去（如何面对死亡）、在风雨中成长（挫折）、兴趣与坚持等等。在李同学看来，现在的未成年人受环境影响，接受新事物的能力较强，但心理承受能力较弱，这些课程能够帮助他们正确认识自己。在线上教学过程中，除了小朋友受益，李同学也从中学习了很多。首先锻炼了自己的表达能力，其次是学习了用怎样的语言、语气、语调、情绪来面对学生，逐渐适应老师的身份、课堂的氛围。

"更重要的是，我们也能知晓小朋友简单又复杂的心理，试一试换位思考，而不是以一位老师或成年人的身份来看待孩子们的行为表现。"

甘同学是 2019 届汉语言文学专业的师范生，现在是学科教育（语文）全日制硕士研究生。她曾参加过我在他们大学文学院举办的一次讲座，向我提出过三个关于非虚构的问题。在满教室的本科生中，她的学识引人注目。甘同学对我说，她很想去写小说。我告诉她，就目前的情况来看，写作只能作为一种业余爱好，"你把写作看作是倾诉情感的方式，写作就会是一种快乐"。

甘同学告诉我，几年前她选择师范专业，很大一部分原因是对教师这个职业的想象。她感觉自己不适合沉闷的危险的工作，在填高考志愿之前，觉得能以教师的身份陪伴孩子们成长，并将他们送入一片新天地是很浪漫的事。那时，她对教师的职业性质和实际工作量并不了解。事实上，教师的工作是非常复杂繁重的，当然这当中也有很多乐趣。

当下基础教育，"卷"似乎无处不在。甘同学曾做过培训机构的代课老师，她感慨地说："除了低年级的识字等基础知识，在中等教育阶段，也许你所做的大部分努力，对学生来说是没有用的。家长给孩子制定家教计划时，应该将孩子的兴趣或喜好放在首位。内推力有了，才有更强大的动力。"

甘同学对未来的规划是，考一个教师编制，去一个不那么卷的地方，最好留在现在的城市，简单地生活。与杜同学一样，她发现小学教师面临的工作情况更为复杂，在校园里，家长的介入普遍存在，比如："老师，我家孩子今天喝水了吗？""老师，做操的时候能拍一下我家孩子的照片吗？"但小学老师也有自己的时间优势。在工作这方面，小学老师相对来说会有早晨、晚上的概念，以及相对完整的周末，甘同学说："对想要发展个人爱好的我来说，这个诱惑很大。"

第七章　师范大学生的时代"关键词"　|

一 关键词: 文学、外语

　　安晓棠是安徽某重点中学的高中数学老师，1986 年考进某部属师范大学，也是那个地处皖北的小山村里出来的第一个大学生。在从邮递员手里接过大学录取通知书的那一刻，他曾设想过在大学应该如何努力学习。显然，他已经把高中时代的"苦学思维"主动迁移到大学的学习中。但进入大学校园，让他始料未及的是，"数学教育"的课程难度并不大。在专业类课程里，除了数学分析颇费脑力外，高等代数、解析几何、常微分方程、概率论、数理统计等都很轻松。那条辅助线到底应该画在哪里？高中时，为了解一道立体几何难题寻思几天的情形，大学时再也没有出现过。教育学概论、教育心理学、中学数学教学设计、中学数学课程标准与教材研究、教师语言训练等教师教育类课程，则从大学二年级开始循序渐进，虽然略显枯燥，但对将来要站到中学讲台上的师范大学生来说，却必不可少。不管哪一门课程，安晓棠都不敢轻视。与班里来自城市的同学相比，安晓棠拘谨内向，总害怕自己一个不小心会招来嘲笑。就像开学不久后的一个周六，他和一群同学在俱乐部看电视，先是新闻联播，结束后要换到另一个台看电视剧。那天，安晓棠来得早，坐在第一排居中的位置，于是坐后排的同学大声喊安晓棠上去换台，安晓棠只得硬着头皮去摸索。他是来到大学才第一次见到电视这个新鲜玩意儿，开关在哪里、换台的按钮在哪里，他并不清楚。他一下子把声音弄得爆响，一慌张又把电视机给关了。他的手忙脚乱引发了同学的抱怨和哄笑，这让他立时面红耳赤、不知所措。

毕竟是年轻人，安晓棠很快就适应了城市里的新事物，农村身份带来的自卑，因为不断开阔的眼界，正一点一点地消融。大学里，功课没有步步紧逼，闲暇的课余时间让安晓棠有机会能够停下脚步，欣赏大学校园里的美丽风景。

最先抓住安晓棠眼球的是学生社团，文学社、歌咏团、舞蹈社、乐器社、棋类社、无线电社等等，五花八门。与刘清泉 1988 年踏入师范大学立刻就被文学社"嘉陵潮"所吸引一般，安晓棠参加的第一个学生社团还是文学社，虽然他学的是数学专业。

"我是受到了室友的影响。"安晓棠说。

安晓棠的一个室友刚念大一就加入了文学社。那时，寝室里四处乱放的那些"寻根文学"和"现代派"的作品，比如马原的《冈底斯的诱惑》、史铁生的《命若琴弦》、刘索拉的《你别无选择》、莫言的《透明的红萝卜》、扎西达娃的《系在皮绳扣上的魂》，还有看了几页便折上，平素要不放到枕头旁，要不搁到饭盒上的那几本国外经典，《悲惨世界》《契诃夫短篇小说选》《鲁滨逊漂流记》《包法利夫人》……大部分都是这位室友从图书馆借来的，或是在校外周末摆的地摊上买来的。那时，盗版书很少，小贩们趁着周末在校门外摆的地摊上，大多是封面污损、书页翻卷的二手书，书页都已发黄。摆地摊的小贩，有不少是大学快毕业的学长，他们在处理自己宿舍里的"库存"。室友擅长画画，所以文学社的活动海报都是他在负责。20世纪80年代的大学校园里，每年新学期开始不久，各个社团的招新活动便火热开启。在通往正校门的主干道两旁的树下，那些社团摆了一溜儿的摊位，大一新生是他们招揽的主要目标。新同学对这二十多个社团并没有什么深入的了解，第一眼看见的就是摊位旁立着的大幅海报。常常可以看见，引人注目的海报旁，报名的人排着长龙。所以，室友在文学社里很重要。

为了增强社团影响力，室友经常拖着安晓棠去参加他们的文学沙龙。安晓棠永远难忘那个在小教室里举行的诗会，有人大声朗诵着舒婷的《致橡树》："我如果爱你——/绝不像攀缘的凌霄花，/借你的高枝炫耀自己；/我如果爱你——/绝不学痴情的鸟儿，/为绿荫重复单调的歌曲……"朗诵者是中文系大三的一位学长，他全神贯注地挥动手臂，那张因为激动而异常生动的脸，有丰富的表情。在现场，所有人的目光都热烈地看着他，不由自主地跟着他吟诵。最后，他带领所有人一起喊出："不，这些都还不够！/我必须是你近旁的一株木棉，/作为树的形象和你站在一起。/……"安晓棠听得激情澎湃，一边跟着读，一边掏出纸笔记下了这首诗，之后又专门去找了舒婷的代表作去读。他发现，大声地朗读诗歌时，胆怯、懦弱等都瞬间消失，浑身有一种通透的快感。从兴盛一时的朦胧诗开始，安晓棠这个标准的理科生喜欢上了文学。大一下学期，他主动报名参加了文学社。这时他才发现，近两百人的文学社里，来自数学系、物理系、化学系等其他系的社员竟然有七十多个。社员们争先向文学杂志投稿，发表得最多的，竟然不是中文系的学生，而是物理系的一个男生。

"那个男生，我们公认他很有文学天赋。但他大学毕业后基本不写了，现在和我一样教高中，我们还有联系。"安晓棠说。

在安晓棠的寝室里，也有无线电社的社员，组装半导体收音机是这个男生课余时间最大的爱好，他的作品曾在全国获奖。

寝室里，文学社的社员与无线电社的社员时不时会发生一些冲突。比如，在安晓棠和文学社的室友围绕着《巴黎圣母院》进行"复杂人性"的争论时，无线电社的室友却正对着图纸将微小的组件一个个精细地焊接到电路板上，图纸上的线路繁复，需要心静才能不出差错。这个室友听着那两个人大声地说着什么克洛德·弗罗洛、卡西莫多、爱斯梅拉达、格兰瓜尔，他一个都不认识，只觉得这些"噪音"让人心烦。他眉头紧锁，一个不留意，接错了一个点位。他恼怒地拍了一下腿，然后抬起头，忍无可忍地喊道："你们两个，能不能到外面去说话！"年轻的安晓棠立即撑回去："要安静，你怎么不上图书馆！""图书馆里能做得了我手头这事？你有本事，麻烦去跟馆长说说！"无线电社的室友反讽道。眼见一点儿小事激起火星，文学社的室友一把拉起安晓棠，说："走，咱们去314寝室！"314寝室里住了一群文艺青年，虽然这个寝室里全是数学系的大学生。在314寝室，全员爱好文学，还有两个人喜欢音乐，一个擅长拉手风琴，一个则喜欢唱歌。所以在314寝室，常常出现这样的景象，有人唱歌有人伴奏，有人随着节奏拍手，也有人正一动不动津津有味地读着小说。314寝室的人，都喜欢《巴黎圣母院》这部小说，安晓棠他俩过去，就是如鱼得水。安晓棠手头这本《巴黎圣母院》，也是314寝室的人先还到图书馆，他再借出来的。

20世纪80年代的大学生酷爱读书，买书对他们来说有些奢侈，所以校园图书馆是读书的重要平台。这不，《巴黎圣母院》这本小说太难借到，听说314寝室的人运气好居然借到手了，安晓棠便拿着两个橘子找上门，要那个人还书的时候叫上自己。他那头儿还，安晓棠这头儿就借。在长达一个多月的等待后，314寝室的人终于准备还书了，安晓棠就和那人一块儿去了图书馆。书还了，图书馆老师正要放回去，安晓棠大声说："不忙拿回去，我这马上办借书手续！""哟，你们这个可真是无缝衔接呀！"图书馆老师说。这几年，她已经看多了这样的"无缝衔接"。

在数学系，"专业咖"很多，所以像《巴黎圣母院》这样的书，常常在图书馆会"无缝衔接"，更有科学出版社1984

年的《数学与猜想》、上海科学技术出版社 1981 年的《古今数学思想》等等。值得一提的是，安晓棠的专业成绩在班级里也算不错，并没有因为对文学的热爱而荒废，文学社的大多数社员也都是如此。

"80 年代的大学校园，文学是自发自觉形成的通识教育。"安晓棠说。

安晓棠借回《巴黎圣母院》，便与文学社的室友一起读，也一起讨论。

快到晚饭时间，安晓棠和文学社的室友从 314 寝室回去，看见无线电社的室友已经在桌子上摆弄他刚刚完工的半导体收音机了，成功的喜悦冲走了之前的一切不愉快。见到他俩回来，无线电社的室友笑着招呼他们，快来快来，听听广播里的长篇小说连播……

那个年代，在师范大学生的校园生活里，除了文学，还有一个关键词叫"外语"。

每天早上，花园里、小溪旁，都有站着大声朗读英语的大学生。他们晨读的时候，朝阳才从云层的缝隙间透出第一缕光芒。花草树木连同那些捧着书的青年男女，都笼罩着一层朦胧的光辉。安晓棠的初恋女友小辉，正是这些晨读者中的一员。她是"汉语言文学教育专业"的 1986 级的中文系学生，大学毕业后，被分配到江苏的一所省重点中学教高中。为了和小辉在一起，毕业后的安晓棠曾有过跨省调动甚至辞职的念头。就在他准备行动的时候——也就是毕业一年后，小辉成功申请到美国的学校，随后出国留学就再没有回来。安晓棠压根儿没想到小辉会真的出国。虽然读书时常常听她提起，但他总觉得出国是离自己和身边人很遥远的一件事，并不现实。事实上，刚念大四，小辉就在实习期间参加了托福考试，考了五百八十多分。

安晓棠不大喜欢英语，但他考入大学的第二年，大学英语四级、六级标准化考试就正式实施了。他在大三的夏天艰难地通过四级考试，从此就扔掉了英语，不愿再去碰。小辉却告诉他，英语是一个非常实用的技能："你看看，很多官方的、政府性质的活动，文件书写和交流方式都是用英语完成的。它不仅可以让你把握机会，也能让你从更多的渠道，看到更多的内容，获取更多的信息。"

20 世纪 80 年代中期至 90 年代初，国内曾掀起一股"出国热"。

资料记载，由于中国与美、日、英、法等国家关系的改善，1972 年我国恢复了公派留学，并向法国和英国分别派出了二十名和十六名学习语言的留学生。到 1978 年，我国共向五十七个国家和地区派出留学生一千四百一十六人，平均每年大约两百人。同年 12 月 26 日，改革开放后的首批五十二名访问学者启程赴美，这是中国走向世界的重要一步。1978 年，中国开始扩大公派留学生规模。这一年国家公派留学人员共计一千七百七十七人，并向美国派出了首批五十二人的访问学者团队。就在这一年，自费留学的限制也在逐渐解除。

1984 年底，国务院出台规定，允许任何公民自筹资金出国留学，而此前的学历及工作年限等限制均被取消。从此，中国的出国留学的大门才完全打开，"出国热"在全国迅速升温，其后的市场化改革亦迎来自费留学大潮。20世纪80年代末到90年代，个人通过托福考试，申请国外大学奖学金的出国留学现象，开始在一些学习精英中涌现。随着留学不再受限，以及人们的收入增加，留学逐渐从只属于少数人的精英化走向了大众化。

在国外，小辉的奖学金很有限，需要自己打工赚取部分学费和全部生活费。起初的两年，她与安晓棠还有联系，她在昂贵的越洋电话里哭诉大洋彼岸的种种艰辛，抱怨这里的水果太贵，气候不适应，长了一脸痘，异国他乡没有什么朋友，生病的时候只能一个人扛着。安晓棠劝她回国，她一口拒绝："艰难的第一步已经迈出来了，接下来的路我要坚持走下去。我不喜欢中学老师那种一眼望到底的生活。"几年后，安晓棠与一个丧偶的美籍华人结婚，之后顺利拿到绿卡。据说，她之前一直在这个男人家里做家教，跟他一对年幼的混血儿女相处得很愉快。毕业十周年同学会时，安晓棠才知道，在他们那个师范专业，当年像小辉那样不安于"中学老师那种一眼望到底的生活"，进而出国留学的同学竟有十来个，都是通过托福考试，且大部分都是自费。

"我觉得，20世纪80年代中期至90年代初，大学校园里的关键词是'文学'和'学外语'。"安晓棠说。

二　关键词：择业

陈玲玲是 1997 年考入某省属师范大学物理系的。作为第一批真正意义上的普通高校招生"并轨"的大学生，她所知道的是，师范专业除了学费略低一点儿，其他并无太多优惠，尤其毕业后只能自己找工作。从大一入学开始，家长和老师说得最多的一句话就是："这四年不好好学，出去没有单位要，就成了无业游民。"

"择业"，是从那时开始成了大学校园的时代关键词。

也是从 1997 年开始，考研成了大学生毕业时的一大热门选项。也就是说，从跨进校门开始，要么为四年后的就业做好准备，要么为毕业后考研做足功课。很多人也选择了"做好两手准备"。这些使得"并轨"后入学的师范大学生，肩负的压力比往届学生更大。

陈玲玲是想过保研的。她的高考成绩超过这个专业的调档线一百多分，因为"提前批"和"第一志愿"落榜，才来到这所师范大学。她是物理系师范专业的佼佼者。保研的条件很苛刻，主要课程都要达到优秀，更不能挂科，就连体育成绩也必须在良好以上，且每学年综合测评都在专业前十名，还要有校级以上奖励。陈玲玲很幸运，她罕有地在大一下学期通过英语四级考试，大二上学期在全国竞赛中获得二等奖。她的弱项是数理统计这门课，每个学期考试前都必须大量做题才能确保过关。大二下学期，她和男朋友分手，一直沉浸在伤感中不能自拔。临近期末，她无心复习，最终没能闯过数理统计这一关。挂科彻底断了她的保研梦。

　　陈玲玲和许多同学一样，做起了两手准备，一是毕业后找工作，二是考研。原本她在人多的场合怯场，为了练自己的胆量和口才，参加了学校里的演讲社，主动参加系里的演讲比赛。从大四实习开始，她每天晚上坚持对着镜子讲半个小时的课。讲课尽量脱稿，遵循高中物理课的讲授逻辑，并且考虑学生的接受程度，还要观察镜子里自己的微表情，以及手势、动作。在大四上学期的几次试讲里，陈玲玲得到了专业老师的认可，也得到了悄悄聆听试讲的重点中学老师的青睐。大四上学期结束前，某所省重点中学主动向她伸出橄榄枝。此时，她也准备好了考研。知道了她的想法，那所中学特意告诉她，可以等到 2 月底初试成绩出来。那年，她的考研分数并不理想，幸运的是，那所中学还是如约签下了她。

　　邹鹏是陈玲玲的大学同班同学。与家境殷实的陈玲玲不同，邹鹏是个"厂二代"，他的父母 1993 年就已经从一家大型国企双双下岗，父亲蹬三轮车替店铺送货，母亲帮人带小孩。从初二开始，邹鹏就自己管自己，不论学习还是生活。他甚至替奔波劳碌的父亲做好晚饭，去上晚自习时，饭菜就热在锅里。邹鹏说："我之所以选择师范，很大一部分原因是因为稳定。"邹鹏高中时的男同学，选择师范的并不多。因为，随着市场经济的蓬勃发展，新兴行业如雨后春笋般冒出，新兴专业也不断在大学里出现，对高考学生形成极大诱惑。尤其是男孩子，总是渴望去更广阔的天地闯荡一番。

　　从大一开始，邹鹏就像个旋转的陀螺从不停歇。早上不到 6 点就起床，去操场跑两大圈，然后爬上空荡荡的看台，从斜挎包里掏出英语四级考试辅导教材，大声朗读四十分钟。校园广播里，时事新闻播报完毕，《东方之珠》音乐响起，已经 7 点 5 分了，他快步到食堂吃两口早饭，然后匆匆向教室走去。他是班里的学习委员，常常需要和几个同学提早到实验室，帮着老师准备实验器材。中午下课后，他快速赶往食堂，那里有他申请到的一个勤工俭学的岗位。直到下午 1 点多，他才开始和食堂的师傅一起，围着一张大桌子吃饭。同样，下午放学后的生活也如打仗一般。从下午 4 点开始，用一个小时完成大部分作业，然后径直赶到图书馆勤工俭学。下午 5 点到晚上 7 点，借书、还书、登记、整理书架的工作很是繁复。待到晚上 8 点，图书馆一片静谧，大学生的夜自习开始，邹鹏也就开始靠着服务台，继续做作业。直到晚上 10 点图书馆关门，他才一路飞奔回宿舍，十分钟时间洗漱完毕。大二时，他在高年级学长的引荐下，接到了一个周末的活儿——到一所培训机构任教，给高二学生补习物理。

"在那里，我开始尝试着用老师的眼睛看待身边的一切。"邹鹏说。

邹鹏努力让枯燥的知识变得有趣，一边讲解知识点一边观察学生的表情。如果有人打呵欠或者小声地交头接耳，他心里就会闪过一丝烦躁。曾经，他和班里的许多师范生一样，觉得教学是"师傅领进门，修行在个人"。但是在这里，他是老师，是有上进心的高中生以及焦虑的家长所信任的那个人，所以，他也自然而然地关心参加补习的学生的分数，究竟有没有实质性的提高。

高中的学生太不容易。从高二上学期开始，一周只能休息一天，周六都要上课，所以周六的校外补习都安排在晚上7点。学校那边下午5点半结束，吃点儿晚饭稍事休息，邹鹏就匆匆赶到培训机构。家长同样不容易。邹鹏亲眼见到一位来自郊区农村的母亲，每周六的晚上都赶到培训机构——她住校的儿子一下课就等在那里。母亲把从小饭馆里买的改善伙食的饭菜装在一个银色的保温桶里，让孩子赶紧趁热吃，孩子则非要她也吃，母子俩每次都要推让一番。最后，儿子拿起保温桶最上方的一个小格，把菜拨到里面，坚决地递给母亲，又把小勺子拿给她。母亲拗不过，也只能吃上几口。有人告诉邹鹏，那对母子很不容易，孩子是从乡下初中考到重点中学的，因为农村教学质量的原因，孩子在高中的功课就有些跟不上。本来，这个孩子的英语和物理都不太好，但补课费实在太贵，这个家庭得勒紧裤腰带才能拿得出。考虑到英语还能靠自己用功，因此那个孩子就只补习物理。期中考试，这个孩子的物理分数提高了十五分，邹鹏很高兴，送给了孩子一本最新习题集。他的母亲在旁边一个劲儿道谢，还硬塞给邹鹏一小袋煮熟的咸鸭蛋。

"大学时，周末在培训机构的兼职，让我提前感受到中学老师肩上的重担，你背负着一家人对未来的期盼与希望。"邹鹏说。

大四找工作，在一所高中的面试中，邹鹏讲到了自己的这段兼职经历，也说到了那些难忘的故事，以及他作为师范生的感悟。他看见，有两位老师明显地很动容。后来，他顺利地进入这所高中。

1998 年，考入某部属师范大学的杨倩，是中文系的师范生。大三下学期的"公文写作"课上，她第一次听任课老师讲起公务员考试。1993 年，国务院发布了《国家公务员暂行条例》，标志着我国公务员考试制度已进入全面实施阶段，并在 1994 年首次举行了中央国家机关的公务员考试，标志着公务员考试制度的正式建立。1998 年，公务员考试还没引起大家的关注，但这位老师也鼓励班里的师范生积极参加"大学选调生的选拔"。公务员考试是普通高校招生"并轨"以后，师范大学生自主择业的又一个选择。

"只是，当时并没有人太在意这个，因为大家来读师范，都是毕业后为了当老师。"杨倩说。

与班里许多同学不同，杨倩对公文写作很感兴趣。大四上学期，杨倩报名参加了省直机关公务员考试，毕业后成为一名政府公务员。在杨倩的记忆里，2002 年，他们师范专业的学生参加公务员考试的并不多，他们班里有五十六个人，五个人参加考试，只有一个人没有考上。

三　关键词：多元

2024 年初夏，听到我讲起杨倩的经历，2021 级的吴克建发出了羡慕的感慨："现在，当老师考个编都不容易，更别提公务员考试了，是真正意义上的千军万马过独木桥。"

吴克建是某省属师范大学外语专业的师范生。他没有进入地方"优师计划",还有一年就要毕业的他,几头奔忙。从进入大三开始,他一口气报了三个班,一个 AI 创作班、一个书法班,还有一个小视频制作剪辑班。一周的时间,被上课、培训和校外工作挤得满满当当,连周末都只剩下半天休息时间。吴克建说,他现在的生活节奏,感觉就像高三,没有时间玩儿,没有时间谈恋爱,时间紧迫。

"2018 年,我还在念高中,就对触站 AI 绘画很感兴趣。它通过对已有的原始素材进行抽象分析和转化,帮助用户快速生成具有艺术性的图像。"

吴克建对"兴趣"和"择业"分得很清楚。作为一个受中学生欢迎的外语老师站在讲台上,是他脑海里常常浮现出的画面。

AI 创作班是他最先报的培训班。在吴克建看来,未来的课件将会大量用到 AI 创作的图画、视频和教案,尤其是需要活跃课堂氛围的英语教学。比如,教某个单词,就可以使用 AI 生成的图画或视频,让学生有一个直观的认识,而不是老师在那里焦急地用一堆汉语来解释一个英语单词;再比如,带着班里的同学唱一首英语歌曲,前方屏幕上播放着一段 AI 制作的动画视频……至于小视频制作剪辑,自然也和他未来做外语老师的职业紧密相关。他和学生们的课堂互动,排练的英语节目,诸如此类,都可以用简单的手机摄像头记录下来,掌握了剪辑技巧,一个人就是一个团队。

如果说 AI 制作和小视频制作剪辑,对一个未来的外语老师来说都是必要的，那么书法作为师范生的必修课，还需要专门报班学习吗？毕竟，英语老师的板书，写汉字的时候也不算多。

于是，我向吴克建提出了心中的疑问。

"书法可以培养人的内在气质，也可以作为一种业余爱好。"吴克建说，"我的一个老师，他不但擅长各种书法，而且非常专业，还参加了书法展，让人大开眼界。"

我又提出了另一个疑问："报班并不便宜，这些开销都是家里出吗？"

吴克建摇摇头。他告诉我，他家在一个小县城里，父母收入都不高，所以每个月只能给他提供两千块钱的固定生活费。他报的这些班，别看都在校园里，指导老师也大多是学校的教职工，但课时费并不便宜。比如，AI 创作课的课时费最贵，一个小时就是两百元，一周有四个小时的课程，一个月下来就是三千多元。小视频制作剪辑的课时费是每个小时一百二十元，一周有三个小时的课程，一个月下来是一千四百多元。书法课相对便宜，一节课八十元，一周四节课，一个月需要一千二百多元。这样一来，一个月的培训费支出就有七千元左右，远远超出家里给出的生活费。

"这些钱是你找人借的？"我好奇地问吴克建。

"现在读大学的花销很大，靠借怎么行？必须要开源。"吴克建说。

吴克建每年都能拿到一等奖学金，他的综合测评在全年级名列前茅。专业成绩很好，大二就过了英语专业六级，他说："如果现在让我考专业八级，分分钟过关。"现在，他和几个同学一起组了一个团队，做剧情类小视频，不但粉丝数超过二十万，而且拿了好几次奖，这些奖也折算成综合测评的分数。除了平台给的分成，他还做一对一家教。所有这些差不多刚好能挣够这一大笔培训费。

数学和外语是最常见的一对一家教辅导项目。当然，请吴克建做一对一辅导的都是富裕家庭。但不论是踏进花园洋房还是独栋别墅，吴克建都保持着不卑不亢的姿态。"我要想着现在自己的身份是老师，传道授业解惑，做好自己的本分工作就好。"吴克建做一对一辅导的时间都是周六下午的 3 点到 5 点，授课结束就会离开，从来不在对方家里吃晚饭。就像那次，学生的父亲带回很多稀罕的海鲜，邀请吴克建留下吃晚饭。虽然吴克建很想尝一尝——毕竟他的生活一直非常节约，平时几乎不会吃什么好东西，但克制着心里那条馋虫，然后微笑着说，自己在学校里还有事要处理，您的好意心领了。吴克建从不收取课时费以外的任何报酬。他辅导的另一个高一学生，期末考试时英语一下子上涨了将近二十分，从勉强及格到接近优秀，在班里也一下子进了前十名。家长一高兴，便给吴克建准备了一个红包，在他离开时非要他收下。看家长那么热情，吴克建不好当面拂他们的面子，于是装进了斜挎包里。转天他再上门辅导，便趁着孩子低头做题，把那个红包塞进了孩子搁在一旁的书包里。在返校的公交车上，吴克建拿出手机给孩子的母亲打了一个电话，告诉她，谢谢您的信任和鼓励，心里记住了，红包却一定不能收。

"不仅仅是原则，更关键的是不能让自己在心里养成习惯。如果接受有钱的家长的吃请、送红包，那么人就会逐渐变得势利，以后就不能平等对待班里其他家庭条件不好却一心向学的优秀学生。"吴克建说。

吴克建所在的班级，很少有业余时间靠打游戏、谈恋爱来消磨光阴的同学。如今，大家都知道一个残酷的事实，普通省属师范大学的起点有些低，在就业时，天生处于劣势。大家也知道，"985""211"也渐渐被一些中小学作为教师招聘的必要条件。非师范专业的本科甚至硕士博士也把考取教师资格证然后进学校教书，当成一个重要的就业选项。师范热带来的僧多粥少，同学们看在眼里急在心里。

但要看到的是，进入21世纪以来，借鉴国际教师教育改革的经验，顺应教师专业化的趋势，我国已有很多的综合性大学参与教师教育，并且参与程度很深。2021年10月的《国务院关于教师队伍建设和教师法实施情况的报告》显示，目前，全国开办教师教育的院校共有六百九十六所，其中师范院校二百零七所，非师范院校四百八十九所。在培养未来教师方面，非师范院校的数量是师范院校的两倍多，综合性大学已承担起培养教师的主要任务。师范院校为了争取更多的优质学生，也开设了越来越多的非师范专业，综合化程度日益提高。未来，我国教师培养体系将更加开放多元，教师的综合素质必然会更高。

"这个时代，同学们都在业余时间拼命练出一身绝技。"吴克建说。

吴克建的一位同班同学，最近一年多来在一家大型出版社兼职，做海外文学作品翻译工作。文学作品翻译要有一定的文学素养，绝大多数都不能简单地直译，所以优秀的翻译依然不能用 AI 替代。就在上个月，这位同学的第二本书已经译完了，出版社对他的工作很满意，也透露出想要他毕业后到出版社上班的想法。但这位同学的想法依然是"如果没有联系到合适的学校，到时再说"。

吴克建告诉我，之前也有学长在校外兼职惹了祸事。大约三年前，一位同专业的学长到一个影视网站的字幕组做兼职，虽然接到一个八九集的美剧，常常会忙得连续几个晚上熬通宵，但收入却很可观，最高的时候一次拿过六万块钱。做这份兼职，他还能收获很大的成就感。当时，社交平台都推荐网友到那个网站看国内主流平台都还没引进，但已经红透半边天的美剧英剧。影视博主夸奖这个网站的字幕组"翻译精准、非常专业"，这位学长也引以为傲，在同学中炫耀。好景不长，一年后这个网站被人举报，并最终被司法部门定性为"盗版网站"，这位学长也因为参与"犯罪"而被牵连，被判了一年缓刑，前途尽毁。

"要我说，这个时代，咱们师范大学生的关键词，正是'多元'。"吴克建说。

第八章　碰　撞┃

一 大学生教小学？

2003年春天，杨小萍即将从师范大学毕业，她投递简历的单位，清一色是小学，甚至包括一些名不见经传的街道小学。妹妹的选择，让姐姐杨大萍很不理解，说："人人都晓得，中师生教小学，大学生教中学，优秀的本科生还留校做大学老师。你说，你一个堂堂的大学生教小学，是图什么，名声好听，还是挣钱多些？！你当年那么努力，才保送读大学，怎么临了就这么一点儿志向！"

杨小萍告诉恼怒的姐姐，此一时彼一时。大学从1999年开始扩招，现在都讲双向选择，但事实上哪儿有双向啊？你到操场里的大型招聘会现场去看看就知道了，普通师范院校的本科生想要留在省城，小学是最现实最稳妥的去处。

最终，杨小萍没有听姐姐的，她去了省城某知名小学任教，数年后又因缘际会进了政府机关。

事实上，20世纪90年代末高校扩招以来，关于师范大学生的就业问题，我国社会长久以来慢慢形成并被广泛接受的一种观念，就与现实情形不断发生碰撞。

2000级师范大学生刘怡永远记得两个时刻。

第一个是她鼓起勇气告诉母亲，自己签了一所小学。

刘怡的母亲王阿姨是省城某事业单位职工。刘怡的父亲在她小学时就去世了，王阿姨小心翼翼地带着刘怡长大，对宝贝女儿，寄予了无限希望。高考志愿清一色师范专业，是王阿姨为刘怡做出的充满"呵护"的选择。当然，刘怡也赞同母亲为她做的选择，因为她喜欢老师这个职业。大三下学期，王阿姨就开始谋划刘怡的工作——最好是到省重点中学，在省城里叫得响的那种；次一点儿的是普通中学，但必须要教高中。由于刘怡所在的大学并非"部属"，且当年毕业的学生众多，她的竞争力并不十分突出。所以，哪怕王阿姨到处打电话找人，成天都把女儿找工作的事情挂在嘴上，刘怡的单位也迟迟没能落实。

母亲急，刘怡也着急。转眼已经来到了大四下学期，身边的同学已经一个接一个签下了单位，虽然很多人都签到了中学，也有人幸运地被选调或者是考上了公务员。当然，这样的选项，刘怡和母亲没有考虑过。刘怡是个内秀的女孩子，不喜欢交际，不想当官儿。母亲则一直认为技术比行政强。但与此同时，也有不少同学签的是小学。刘怡看到，小学给她的同学们开出了优厚的条件，给安家费，甚至解决住房。"都是当老师，教小学也不错，至少压力比中学小很多。"一个签了小学的室友开导刘怡。

最终，刘怡拿着简历去了曾经读过的小学，忐忑地敲开了副校长的门。这位副校长负责招聘新教师，刘怡是从学院发布的一则招聘信息里得知的。更巧的是，这位副校长曾经教过她三年数学，从小学一年级到三年级。三年级结束的时候，这位副校长被借调到区政府帮忙。副校长虽然已经对刘怡这个学生没有什么印象了，但活泼健谈且学业优秀的刘怡还是入了他的眼。一周后，这所知名小学通知刘怡正式签约。对到小学任教的事儿，刘怡对母亲先斩后奏。

"妈，我的工作已经找好了。"刘怡突然开口。

"啊，在哪里呀？"王阿姨正在收拾晚餐后的饭桌，听到女儿说起，大吃一惊，竖起了耳朵。

"在我读过的小学。"刘怡慢慢地说。

王阿姨立时发怒，一把将抹桌布扔到凳子上，说："这么重要的事情，你都不跟我商量！早知道你要教小学，那压根儿不用读师范大学了，就像现在那些小学老师一样，读个中师就可以了，费那么大劲儿干吗？"

"没有规定师范大学生只能教中学，不能教小学呀？"刘怡说，"再说，小学也有特级教师，万一，我以后当了特级教师呢。"

连续半个月，王阿姨都不想搭理刘怡，就像中师生杨大萍无法理解师范大学生杨小萍的就业选择一样。这样的心结，直到几年后王阿姨发现周遭年轻的小学教师都是师范大学生，这才慢慢释然。2008 年以后，不论是部属师范大学的公费师范生还是各级"优师计划"的师范生，教小学都是师范大学生毕业后的一项重要选择。

从 20 世纪 90 年代末开始，首都师范大学、天津师范大学、河北师范大学、重庆师范大学、西华大学等一大批师范院校就开设了小学教育专业。2003 年，重庆师范大学初等教育学院成立，其师范教育涵盖语文、数学、英语、全科教师以及艺术等多个分支。

刘怡也永远记得自己第一天到小学报到任教的场景。

当初负责招聘的副校长带着她，把她介绍给语文组的老师们认识，说："这可是正儿八经科班出身的师范大学生，请大家以后在工作中多多帮助、多多支持！"刘怡看到，整个语文组有四十多位老师，绝大部分是女性，很多人看上去在四十岁上下。一位两鬓斑白的中年女老师第一个欢迎刘怡："你好，刘老师，感谢你的到来，为我们注入了新鲜血液。"她的话音刚落，掌声立时响起。这位老师也姓王，是 20 世纪 80 年代初的中师生，是这里的语文组组长，也是刘怡日后的"师傅"。刘怡的办公桌紧挨着王老师的，她看到，王老师的桌上摆着一个台历，每一个日期下面都用小字密密麻麻写着待办事项：9 月 1 日，开组会，学生收心教育，从暑假作文里选优秀的；9 月 2 日，小测验，跟某某谈谈上课走神儿的问题，家访某某某；9 月 3 日，讲评，分享优秀作文，指导学生投稿，课后单独辅导参加朗诵比赛的学生……待办事项用蓝紫色钢笔书写，办了的事项打着红钩，有的则画着红色惊叹号。后来她才知道，打着红色惊叹号的是重中之重、不能耽搁的事情。

"这就是中师生，严谨细致且极具责任心。"刘怡说。

也是那天上午，王老师带着刘怡去了她所要教的班。按照这所小学延续将近二十年的规则，新教师不论学历高低，都要由"师傅"带上一个学期。王老师笑盈盈地坐到最后一排旁边的空位上。一年级的孩子刚才还在打闹着，这会儿看见老师来了，全都直直地看向刘怡。她在大学时修过"儿童心理学"，知道如果短时间内不能吸引孩子们的注意力，他们很快又会开始打打闹闹。

"孩子们，你们看，今天太阳很好，阳光照下来，树上的叶片都镶了一层金边。大家说一说，阳光好的时候，我们出门想做什么？"刘怡问。

出乎她的意料，这么一个小小的开场白，竟然引发了孩子们极其浓厚的兴趣，他们欢快地嚷着："老师、老师，我来回答这个问题……"刘怡启发道："我们想要回答问题，先举手……""好，这个坐中间、穿白衣服的同学回答，你叫苏小强，对吧？""是的，我是苏小强！回答老师，阳光好的时候，爸爸妈妈带着我到公园去野餐。""好，小强同学回答得很好。"

四十五分钟很快过去，下课铃声响了，刘怡面带甜美的微笑跟孩子们说再见，这时她才发觉手心里已不知不觉满是汗水。王老师走过来，拍拍她的肩膀，说："很好，你的教师生涯就此开始了，祝贺你成功上完第一节课！"

"从天之骄子到接受用人单位全面检视，也是新时代师范大学生择业时要突破的心理关卡。"杨小萍说。

大学时代，杨小萍曾多次路过省城里规模最大的人才招聘市场，里面密密排列着各式各样的公司设立的招聘点。一幅写明招聘岗位、招聘条件和薪资待遇的海报竖在一旁。一个工作人员面无表情地坐在桌子后面，桌子前面是一行长长的队伍。队伍里的每个人都手持打印好的个人简历，焦灼地等待着，几乎没人交头接耳。只有投递了简历并简单面试了的人走过来，他们才一起微微扭头看向他，企图从他的神情得知获取这份工作的难度。那时，她很难把这些人的境遇与自己联系到一起。她那时想，这些拥挤着投简历的人，多半是往届生或者大专生。粗粗一瞧，那些招聘岗位也没有什么含金量，全都是技术工、办公室文员之类。待到毕业季，平素用来组织大型活动的操场摇身一变，也成了一行一行排列着摊位的招聘会现场。从大四实习结束后，学校常常发布各中小学招聘信息。但师范专业有将近三百名本科毕业生亟须就业，更别提大学还有其他专业，所以，这种由学校组织的大型应届毕业生招聘会，就显得很有必要而且很重要。招聘摊位前一条条长龙便是最好的证明。

操场里，杨小萍是某条长龙中的一员。她胸前紧紧抱着有塑料封面的简历。这份简历的内容很丰富而且颇具竞争力，中共党员、中师保送生、年级学生会副主席、校级"三好学生"……当然，缺憾也显而易见，没有英语四级证书。师范院校在这个方面对中师保送生网开一面。校学生会文艺部长排在这支队伍最前面，他来得特别早。他与杨小萍同一年级同一专业，作为一个特别注重全面发展的师范大学生，他手上有很多重要的证书，包括但不限于英语四级、计算机二级、普通话二级甲等、钢琴演奏八级、导游证、人力资源管理师等一大堆证书。他算得上那时积极考证的未雨绸缪的极少数人之一。与杨小萍一样，他也心仪这所位于省城繁华市区的重点中学。这所重点中学今年只在杨小萍的学校招聘两名汉语言文学教育专业的师范生。所以，竞争异常激烈。看着排在最前面的那个个子高大、一头自然卷的男孩，杨小萍心里咯噔一下。虽然杨小萍与这位文艺部长不在同一个班，但他的优秀、他的多才多艺，她非常了解。何况，她曾经心仪过这个帅气的男孩，但打听到他已有女友，也就作罢了。他是这条长龙里最有实力的竞争者。几分钟后，他与用人单位简单交流并递上简历，往回走路过杨小萍，她轻声问："怎么样呀？""等通知。"他欢快地说。过了约莫半小时，杨小萍终于排到了桌前。"坐吧！"这所中学的招聘负责人，坐在两个年轻人中间的中年女人微笑着伸手向杨小萍示意。杨小萍害羞地坐下，把手里的简历顺势递给这位看似和蔼的负责人。这个中年女人拿起这份简历，轻轻抬了抬鼻梁上银色的眼镜，用两分钟的时间翻阅了这本承载着一个师范生所有成长、收获与荣誉的合集，微笑着向杨小萍提出一个问题："我没有看见你的英语四级证书复印件。请问，你过级了吗？"虽然杨小萍心里早已装着应对这个问题的标准答案，但对方突然这么一问，还是难免惊慌。

"嗯，老师是这样的，我是个中师保送生，学校只要求过三级、毕业证、学位证没有问题的……"杨小萍说。

"也就是说，没有过四级？"中年女人还是微笑着，说话很直接。

杨小萍很尴尬，只得浅浅地点下头。

"同学，你非常优秀，但就是有一个短板，英语四级。我们学校招聘有一个硬性要求，英语必须过四级。"中年女人把手里的简历退还给杨小萍，说，"你去问问其他学校。"

起身离开，杨小萍小心翼翼地藏起那份她之前引以为傲的个人简历。她把这份简历卷起来，硬塞到挎包里。小巧的女式挎包根本装不下，还得露一大截在外面，杨小萍就用胳膊尽量遮挡，因为她不想让其他人看见自己没投出去简历。那条长龙里有许多平时仰慕她的同学。

"毕业之际找工作，那是一段很难熬的日子。虽然多年前中师的学长大多数都去农村，但他们是国家分配去的，而不是像我们大学毕业时那样苦苦求一个工作岗位。有时，觉得挺伤自尊心的。"杨小萍对我说。

我也是一个师范大学生，我毕业于 2002 年。那一年的春天，我曾骑着自行车满城跑，去了数所中学投递简历。运气好，有机会坐下来细细介绍自己，然后争取能够进入面试环节；运气不好，对方态度冷淡，就只能把简历暂时放在人家办公室的桌上，希望最终能有一线生机，但那桌上已经摆放了厚厚一沓应届毕业生的简历……

一次，杨小萍主动去一个有招聘计划的中学投递简历，碰巧见到了有关负责人，一个三十多岁的男老师。这位负责人把杨小萍叫到办公室，自己一屁股坐在沙发上，却丝毫没有让杨小萍坐下的意思。他用挑剔的眼神上下打量着拘谨的杨小萍，然后说："你这个子也太矮了，有一米五五吗？你站在讲台上，学生都看不见你呢。"杨小萍已经忘了跟这位负责人还交流了些什么，只记得他的各种嘲讽："你是外地人吧？听口音就是那里的，那个地方特别穷。""你的普通话过了二级吗？中师的时候过的？那个考试怕给你们放了水吧！现在的师范大学生，普通话都很好的。"……最后，杨小萍借口学校里还有事儿，先离开了。这一次的应聘经历，让杨小萍连续数天都很郁闷，甚至怀疑自己并不适合学师范，不然为什么毕业时到处碰钉子。

还有一次，杨小萍接到了一所中学的面试通知，打电话给她的那位老师说，他们学校认为她很优秀，是个素质能力强的师范生，至于英语四级的问题，只要她保证能够拿到毕业证和学位证，他们就不计较了。这是数月以来，杨小萍接到的唯一的好消息，为此兴奋了一整天，接着又为即将到来的面试做足了准备。面试的前一天，她甚至专门去做了头发，又向室友借了一套像模像样的职业装。

面试的内容令人出乎意料。那是一个周末，面试的现场在一栋教学楼里，杨小萍见到了好几个同学，来不及寒暄，他们便被请进了一间小教室，被要求像中学生那样规规矩矩地坐着，然后等着发试卷。对了，这可不是教师编制考试，入编考试是从 2012 年开始的，且是由当地教育局统一发布考试公告。原来，马上要进行的是针对应聘者的文言文翻译考试，试卷上有整整五十道题，包括填空和全文翻译，考试时间一个小时。看着这些颇具难度的题目，原本就惧怕古代汉语、古代文学的杨小萍恐惧不已，这次面试的结果也就可想而知。据说，当天考得最好的男同学也就得了五十多分，满分一百。

2003 年，杨小萍所在年级有一大半师范专业的同学最终去了中学任教，杨小萍等主动去教小学的师范大学生，也得到了接收单位的厚待。杨小萍告诉我，正因为她是当时那所知名小学新进的师范本科生，校领导重点培养她，给了她许多展现才华的机会，比如赛课、演讲比赛等等，她才能在几年后有机会借调到某区委机关，然后一路走到今天。

新老师都很辛苦，甫一出大学校门，肩头上的担子，除了教书带班，还有必须参加的继续教育。有研究表明，很长一段时间，我国的教师教育课程都存在一些问题，如结构单一、内容陈旧、重理论轻实践、重学科教育课程轻教育专业课程等。我国大部分高等师范院校的教育专业课程只占全部课程的百分之十左右，而学科教育课程则占百分之五十到百分之六十，特别是缺少与入职前、入职后相衔接的有关教师教育课程。21 世纪以来，国家教育行政部门联合各类师范教育机构，特别是高水平大学，通过多种形式促进教师入职前培养与入职后培训相衔接，积极推进教师教育一体化。比如，1999 年启动的"中小学教师继续教育工程"，对一千多万名中小学教师进行全员培训，包括新任教师的培训、骨干教师培训、学历培训、计算机全员培训等。在此基础上，为充分发挥现代远程教育优势，促进教师教育系统和卫星电视网、计算机互联网的有机结合，实现教师教育资源的优化配置，全面提升中小学教师整体素质，2003 年教师节前夕，教育部正式启动"全国教师教育网络联盟计划"。该计划以我国师范大学为主体，建立开放性的公共服务平台，开展各种层次的提高教师学历的教育和以提高教师素质为核心的非学历培训。还有后来启动的"国培计划"，为我国特别是农村地区的学校培养了优秀师资，在一定程度上缓解了农村师资水平不高的问题。

这是一个现实：2006 年前后，许多大城市的重点中学已经把新进教师的来源规定为部属师范大学，省属师范大学的拔尖生要进都得挤破头，省属师范大学的大多数师范专业毕业生的最终去向都是小学。近几年，社会新闻更是陆续爆出：应届博士毕业生进中学当老师，华中师范大学硕导跳槽到高中教物理，华中科技大学博士后进入高中教物理……

二 初中班主任

作为部属师范大学的公费师范生，2022 年初秋，2018 级数学教育专业的刘冬，顺利回到家乡的一所重点中学的初中部任教。他曾经以为，整个中学最辛苦的是高中老师，尤其是高中班主任，因为他们要带着学生闯"高考关"。高考，是一个学生从小学到中学需要闯过的最后一关，也是最难的一关。虽然，刘冬对这些年初升高的难度亦有所耳闻，但自己初中时边学边玩依然成功考进重点高中的经历，使得他对自己即将面临的工作环境并没有多大的警觉。上班的第一天，初一年级组长给刘冬介绍情况，他才发觉如今初中教学形势的严峻。

年级组长告诉他，虽说去年各级教委就严令"双减"，但升学率依然是各个中学的关键评价指标，大家暗自比拼，看不见的硝烟在弥漫。现在，整个初一年级有三十二个班，虽说上面三令五申不允许按成绩分班教学，但这里还是分出了"平行班"（业主班）、"优生班""实验班"和"理尖班"。其中，"理尖班"的学生基本全部直升本校高中，并且从初中二年级开始就要学习高中的部分课程，是将来高中部冲刺清华北大的主干力量。除了基础较差、按片区划分入读的"平行班"（业主班）之外，其他班都实行"可上可下"的机制。比如，连续两次期末考试，"优生班"的某个同学考出了全科 A 的好成绩，并且在全年级进了前两百名，那么就可以进入"实验班"；同样，"实验班"的某个同学不但全科 A，而且在年级排进了前一百名，就可以进入最顶尖的"理尖班"。反之亦然，"理尖班"的学生会因为连续两次期末考试成绩，跌出前一百名而被降到"实验班"，"实验班"可以降到"优生班"，"优生班"也可以被赶到"平行班"。其中，"平行班"（业主班）有二十个班，他们的考卷难度较低。根据过去的经验推测，"平行班"会有一小半的学生考不上普通高中……

那天，外面淅淅沥沥下着雨，连续几天的雨水把立秋后的余热冲刷得干干净净。人们说北方一秒入秋，果然在室内还得披件薄外套。可是，听完那个瘦高身材、一脸精明的男人的一席话，刘冬却感觉后背隐隐约约有汗水渗出。

看出刘冬的紧张不安，年级组长咧开嘴笑了，说："你以前不熟悉情况，现在你知道了吧。大学校园和社会现实终究不一样，你刚刚从学校出来，还有一段适应的过程。"

刘冬忍了忍，终究没说出自己当时最想说的话。

刘冬被安排教四个班的数学，同时担任一个"平行班"的班主任。他教的四个班，包括了一个"平行班"、两个"优生班"和一个"实验班"。"理尖班"是清一色有数十年教学经验的"老教骨"来教。

刘冬读大学时，曾经对自己未来在讲台上的表现有过诸多憧憬，但是绝没有想到现实与理想的对撞，会让他在执教短短几个月后就心生失望。有时，他会罚学生到教室后面站着，把学生受罚却嬉皮笑脸的样子拍下来发到家长群里。看着家长在群里咒骂自己不争气的孩子，刘冬跟学生说话也日益变得尖酸刻薄，批评一定挑最狠的话。这恰恰是他中学时代最痛恨的老师的样子……

"算了吧，由着他们吧，这是他们的命，我干吗费劲去干涉？"在一次与学生发生冲突之后，刘冬愤愤地想。尤其是他同时教着"优生班"和"实验班"这样的班，一比较，差距是天上地下。哀其不幸，怒其不争。

那次期末考试后，刘冬黯然地在"平行班"家长群里发出了其他班级的"全 A"或"多科 A"的同学上台领取奖状的图片。图片发出,群里片刻沉默后,有家长发出一句话:"刘老师,请不要放弃孩子们!"紧接着,其他家长纷纷复制粘贴这句话,一下子刷屏了。那一刻,刘冬捧着手机,眼泪哗地流了下来。几乎没有丝毫迟疑,他用颤抖的手打出了几个字的回复:"好,我们大家一起努力!"

这时,家长们唤起了刘冬初为人师的勇气。

班会上,刘冬让罚站的几个调皮男生回去坐下,然后对全班学生说:"我们现在因为种种原因在全年级落后了,但我们可以鼓足勇气赶超。要知道,一开始跑在前面并不是最荣耀的,最荣耀的是迎头赶上,追赶是我们当下的第一要务。同学们,我们一起!"

接下来的一个学期,刘冬事必躬亲,早上最早到教室,晚上守到最后一个学生离开,耐心地给不懂的学生讲解题目。夜里,他还亲自去男生宿舍查寝,及时喝止打闹聊天。

2023 年底的期末考试,"平行班"里有了六个"全 A"的学生,其中四个都曾是过去常常不交作业的"混蛋娃儿"。

"在整个'卷'着的初中,除了教育,还有安慰。这是教师功能的多样化。"刘冬说。

刘冬执教的"实验班",有一个叫晓宇的女孩,好强又敏感,冲进"理尖班"是她的目标。所以,平时一点儿的成绩波动,都会让她难过好几天。因为担心同桌讲话或做小动作影响到自己听课,她向老师申请要坐一个人的独立座位。她住校,与她一个寝室的还有三个女孩,那三个女孩总是喜欢熄灯后再聊一小会儿明星网红的八卦。可是把学习视作唯一的晓宇，对这些话题压根儿就不感兴趣，在她看来，室友发出的"噪音"严重影响了自己的睡眠。

晓宇很愿意跟刘冬交流，因为刘老师能够洞悉她的想法。初一的时候，班里选举班干部和课代表，晓宇因为内向胆怯没有举手自荐，可刘老师看穿了她的心思，直接提议让她当数学课代表。是的，数学的确是晓宇最喜欢的一门课。

这次，晓宇把自己的烦恼一股脑儿告诉了刘冬，甚至说，那几个女孩是因为嫉妒她学习成绩好才故意讲话，影响她的睡眠进而影响她的学习成绩。听完晓宇的控诉，刘冬笑着说："你想想，如果要故意影响你的睡眠而说话，那么她们也同样休息不好，第二天脑袋昏昏沉沉。你看，她们平时成绩也不错，和你一样，一直想着向更高的目标冲刺，怎么可能干杀敌一千自损八百的事情呢？"晓宇沉思片刻，点点头，认同了刘冬的话。过了几天，刘冬拿出一副在网上买的睡眠耳塞递给晓宇，告诉她晚上如果觉得吵，可以戴上。

就在几天前，刘冬听说市里另一所重点初中有一个初二学生因为不堪学业压力而有过激行为。一整天，他的心情都很沉重。作为老师，他为那个孩子叹惜。

"这些孩子并不知道，这个世界上最宝贵的，是生命与健康，除此以外，都是可以慢慢争取和改变的。当下，无孔不入的网络信息和形形色色的小视频，让孩子们知道了我们并不希望他们知道的很多东西，平日里，他们可能装作不知道。也因此，他们身心早熟，其精神世界堪比成年人的丰富复杂，负担也同样很重，由此有了种种畸变的可能。所以，作为中学老师，我要做的，是努力从精神上为学生们减负，尽一切可能为他们树立正确的三观。我要告诉那些被成绩和升学压得直不起腰的孩子们，今天的一切，再过很多年，算什么呀！"刘冬沉重地说。

三 支教的触动

"我之所以选择大学毕业后去边疆支教，并非仅仅为了以后考研考公可以加分，更重要的是，希望凭借自己的力量去实现那些孩子的理想，也展现自己的青春价值。"某综合大学外语师范专业大四学生汪小静说。她已从官网上报名参加2024年的"三支一扶"计划。

打动汪小静的是一次为期半个月的暑期支教活动。

2021年夏天，汪小静曾跟着学院组织的支教团前往陕甘交界处的一个乡村，为当地的留守儿童志愿服务。前几年，也有学校的师长去这个地方支教，那时，这里给他们留下的最深刻印象，是当地落后的交通条件。从县城到村里都是崎岖不平的山路，阳光明媚，车子跑过便是漫天黄沙；一场倾盆大雨，车轮的印记便深深地刻进泥泞里。从县城到乡村，七十多公里山路，整整跑了将近三个钟头，直到车里每个人都晕车了。有一位计算机专业的学长告诉她，当初我给那里的初中生准备了十五节课，但发现他们根本不懂多媒体技术和常用的电脑软件，只能临时把十五节课简化为九节课，教他们使用Office办公软件，以及制作简单的PPT。有了这些了解，临行前汪小静把自己的支教课程再一次做了修改，使之尽量"简明适用"，去掉了许多"花哨"的东西，比如分享活动。同时，她还特意针对恶劣的路况准备了一小瓶晕车药。一切都准备好了，但现实却令她吃惊。一条高速路直通县城，从县城到乡村则是标准的四级公路，就连盘山道都是双向通车。仅仅一个多小时，便到了支教的一个村子里。村里的第一书记告诉他们，就在2019年冬天，随着"脱贫攻坚"的最后战役打响，这一带通乡公路、通村公路全都修好了，村民辛苦种下的板栗、核桃、荞麦、甜瓜、脆桃等特色农产品便随着便捷的交通，畅通无阻地运到全国各地。也就在2019年底，他们的村子实现了整村脱贫。

"脱贫算的是经济账，这是硬件，农村的教育医疗等软件还得慢慢跟上。"第一书记对支教团说。

这个村和周围三个村有一百二十多名正值义务教育年龄段的留守儿童，最大的十五岁，读初二；最小的六岁，马上就要读小学。这些孩子大多在乡里的中心校上学，只有二十来个小孩子在村里的教学点读小学。这一百二十多名留守儿童的父母几乎都在外地打工，全是农村的青壮年劳动力，也是这些年乡村振兴呼唤的主力军。回归需要过程，并不是家乡有了变化，大家就能放下城里的一切义无反顾地回来。孩子们的父母还在观望、思考和比较，才能最后下定决心。

和以往的暑期支教活动一样，支教团需要先在乡里设摊位"招生"。第二天上午9点，"招生"摊位在乡政府的院子里一摆开，便有很多村民带着孩子前来问询，仅有一桌两椅的小小摊位，被里三层外三层地围了个水泄不通。汪小静负责发传单。她手里厚厚一沓传单，不到十分钟就被抢光了。一位大姐一口气要了三张传单，她说这三张单子要给自己正在念初一的儿子，以及两个念小学的侄儿侄女，让他们都来学习。大姐告诉汪小静，她一年到头都在广东的服装厂干活儿，前一段停工才回来，暑假让她陪着长年见不着面的儿子说说笑笑可以，让她管儿子的学习却无能为力。在这么一个离城市很遥远的地方，她盼着有人教给孩子们更多的东西。

与汪小静在城市里的培训机构看到的情形不一样，在这里的报名摊位上，最主动的是孩子。他们挤在桌子前面，好奇地问这问那，对支教团即将开展的课程很感兴趣。他们拉着大人的手臂兴奋地说自己要报名，然后一笔一画地在报名表上写下自己的名字。最终，支教团招到了一百一十三名学生，其中大部分是小学生。汪小静负责给小学四、五年级的孩子上英语。

走进设在村教学点的教室，汪小静发现将近四十个孩子已经早早地在座位上坐好了，等她一走进教室，便响起一阵热烈的掌声。一个个子高高的男孩走上前捧了一束鲜花送给她，说："汪老师，我们欢迎你！"讲课的过程中，她发现，长年生活在乡村的孩子，虽然没有城里的孩子那样见识广博、眼界开阔，却分外单纯热情，并且有强烈的求知欲。她用手机播放调子活泼的英文歌曲，孩子们便不约而同地手舞足蹈；

她讲到英国的特色食物——薯条和炸鱼，就有孩子笑着说："真想有一天去英国尝一尝。"他的同桌，一个小女孩打趣他："咱们连省会都没去过，还去英国。"

"我们可以有自己的理想，努力学习，终有一天会去到我们向往的地方。"汪小静说。她还发现，孩子们的脑子很聪明，记单词特别快，于是又把出发前删掉的许多教程，包括分享交流和互动活动加上了。

支教团一位教语文的同学分享了一个孩子的作文："我的爸爸妈妈从小就很少在我身边，他们在一个繁华的大城市打工。那里，有海滩、有公园，还有大餐厅，但他们在那个城市只有工厂和宿舍，他们的梦想是有朝一日带我看看海滩、逛逛公园，在餐厅里吃美食。他们不知道，我努力学习，我的理想是将来有一天，带着他们看看海滩、逛逛公园，在餐厅里吃美食……"至今，汪小静依然记得这些真诚的文字。

汪小静记得，有一位老太太，从大城市里的中学退休后，就回到了这里。这里是她的家乡，当年这位女状元从这里飞了出去，读了师专又吃了"皇粮"，曾是村民的骄傲。老太太拉的一手好二胡，常常在周末免费教十里八乡的孩子们学乐器。教学场地就在她家宽大的院坝里。晚霞灿烂，二胡响起，孩子们枯燥的乡村生活多了一抹亮色。

半个月的支教时光很快过去了。临别的那天晚上，大大小小的孩子自发组织了一场晚会。大合唱结束以后，孩子们各自拿着精心准备的小礼物，来到自己最喜欢的支教老师跟前，说出自己的一句心里话。

"因为您，我长大也想当老师——教英语的老师，全世界的故事都知道。"一个女孩羞涩地告诉汪小静。

"好，记住你的愿望。"汪小静说，眼泪不由自主地落下来。

尾声：我终于懂得了你的选择 |

和许多家长一样，陈璐希的父母也很支持女儿当老师。因为，教师这个职业稳定而且有寒暑假。但辛苦也明显摆在眼前，确实，当初陈璐希到学校上班才一周，嗓子就哑了整整一个月。2008 年 6 月，高考结束准备填志愿，父亲拿了厚厚的一沓院校资料回来，放在陈璐希的案头，让她好好选，不要老是执着于一个选项，说："女儿，你要晓得，当老师好，可肩膀上的担子重得很，白天上课，晚上备课，心里时时有牵挂。你要想清楚呀！"

父亲却不知道，从童年开始，陈璐希就对老师充满了向往，长大成人后不会轻易更改。陈璐希小学五年级那年，班里新来了一位教语文的女老师，她说话轻言细语，每句话都能说到孩子们的心坎上；做事很仔细，能够从孩子们的作文里看出那些不能说的小心思。班里的同学都喜欢那位老师，她的人格魅力深深地打动了陈璐希。小学六年级，在崭新的集资房里，陈璐希在小伙伴面前扮起老师，给大家像模像样地讲课。

2008 年 9 月，陈璐希进了重庆当地的一所师范大学，学的是汉语言文学教育专业。毕业之际，她和同学们对教小学或教中学并不那么纠结，只要能站上讲台当老师就好。但事实上，就小学教师这个职业来说，初等教育学院毕业的那些专门教小学的大学生与她们相比，在教材教法和对儿童心理的洞察掌握方面，更胜一筹。这也意味着，陈璐希未来如果教小学，还要付出更多努力，才能成为一位优秀教师。

毕业季，在父亲的筹划下，陈璐希同样也有除了当老师之外的第二个选择——到一个效益不错的大型国企上班。和高考后填报志愿一样，陈璐希依然坚持想当老师，她跑了很多学校去面试。2012 年 7 月，陈璐希被重庆市大渡口区的一所知名小学"优招"入校，教语文并且当班主任。"优招"来的师范大学生，是学校的重点培养对象。

"那天是我第一次真正面对几十个一年级小学生。他们活泼好动无所顾忌，在我看来，更像一群学前班的小孩儿。"陈璐希说。在此之前，她的实习是在中学，突然遇到小学一年级的学生，颇有些措手不及。教科书上说的那些方法，在此时似乎都不大管用。

瞧瞧，不大的教室里，满满当当都是六七岁、刚刚从幼儿园"毕业"的小朋友。他们丝毫不受课堂纪律约束，有的在教室的空地上笑着跳着，有的不知所措地站着，有的在椅子上坐得东倒西歪，有的相互打闹。这些小孩子并不懂得上小学和上幼儿园的区别，即使开学的前一天，爸爸妈妈给他们讲了一遍又一遍："要在座位上坐好，认真听老师讲课。不要说话，不要做小动作，听老师的话。"从第一节课开始，陈璐希最先要做的，就是给这几十个小学生立下课堂规矩。有了课堂规矩，才能谈得上学习，以及学习习惯的养成。

日子一天天过去，班里绝大多数孩子越来越像个小学生，但也有几个孩子让初出校门的师范生陈璐希很头疼。就像小罗，上课时不但自己喜欢做小动作，还把头扭来扭去，找周围的同学说话。最好玩儿的是，如果教室里来了听课的老师又恰好坐在他旁边，小罗甚至会主动凑上去，和这个老师摆一摆龙门阵。还有小亮，这个小男孩有一双大大的眼睛，长得像洋娃娃一般可爱。但他的心智似乎还停留在三岁，他会毫无征兆地突然大哭，也会做一些让人意想不到的事情。有一天，陈璐希正上着课，小亮突然从课堂上一溜烟儿跑出去，待到陈璐希发现追出去，却四下里找不着。最后，焦急万分的陈璐希在学校一角开设的学前班看到小亮。他站在门口，啃着一个苹果，津津有味地看着电视。陈璐希硬把小亮给拽回了教室。一落座，小亮立马哇哇大哭，弄得陈璐希批评也不是，安慰也不成。

一天，调皮的小罗又开始扭来扭去地找同学说话。"这个孩子，自己不学习还影响别人学习！"看到这个情形，陈璐希很生气，就让小罗站起来。第二天放学，陈璐希像往常一样，站在学校门口目送孩子跟着家长离开，岂料小罗的奶奶突然冲过来，一把抓住她，质问道："你凭什么让我孙子罚站？！"

老太太的愤怒，引起了众人围观。

闻讯而来的王红旭拨开人群，出现在手足无措、尴尬难堪的陈璐希面前。王红旭是 2009 年通过公招考试进入学校的体育老师，是新老师陈璐希的搭档。别看这小伙子是搞体育的，却粗中有细，他满脸带笑跟老太太说话，三言两语便化解了老人的怒气。事情平息后，他把委屈得直掉泪的陈璐希拉到一边，劝慰说："不要难过，你要理解老人和孙子之间的隔代亲。遇见这样的事情，你一定要第一时间与孩子的父母沟通。不信，你问问孩子父母，看他们知不知道这件事？"果然，小罗的父母并不知晓孩子在课堂上的表现，更不知道一直帮着带孩子的奶奶"找老师理论"的事情。在王红旭的提议下，陈璐希主动加强与家长的联系沟通，获取他们的信任，与他们一起引导孩子转变学习态度。一个学期之后，小罗的奶奶再次出现在陈璐希面前，笑意盈盈。

也是在那次意外之后，王红旭常常陪着陈璐希去家访。陈璐希说："家访能够找到很多你在课堂上找不到的答案。"

那次，王红旭和陈璐希一起去一个学生家里家访，这个孩子很聪明，但就是学习习惯不好，成绩总是上不去。在街角一家简陋的铺面前，他们停住了脚步，孩子的家就在这个逼仄的铺面里。一楼是小小的店面，孩子的父母为了生活忙得停不下来；二楼是拿木板简单隔出来的，是他们一家三口日常生活的地方，孩子做作业也在这里。一架木梯连接着一楼和二楼，踩在二楼的楼板上，每一步都嘎嘎作响，令人担心楼板会随时塌掉……家访结束，陈璐希的心情很沉重。

　　王红旭让她慢慢明白，原来每一个让老师不省心的孩子，背后都有特殊的原因，这个原因，需要老师用心去找。就像那个爱哭的小亮，父母不管他，甚至在学籍卡上都不愿意留下电话，他的生活里只有奶奶。这是个没有安全感的孩子。但是，小亮也有自己独特的天分，特别擅长乐器演奏，对音乐的节奏特别敏感。于是，陈璐希鼓励他发展自己的天赋。几年后，爱上演奏的小亮成了一个热情又自信的男孩。有一年教师节，小亮为陈璐希准备了一束花，为了及时送到她手上，跑得满头大汗。

　　除了搭档王红旭，还有带教老师莫老师给了陈璐希很大的帮助。这位早年的中师生很负责任，她带陈璐希，每周至少要听两堂课。学校规定，任教三年内的新教师都必须手写教案。莫老师已经教了二十多年的书，依然坚持手写教案。她耐心地教陈璐希，写教案不能只写大环节，还要落实到细节，甚至要事先想到学生会如何发问，老师该如何回答；每一节课都要用心打磨，一堂课要想扎扎实实，必须反复试讲十多遍。

　　成长与爱情同行。2012 年 12 月，王红旭与陈璐希成为一对恋人。2017 年 7 月，两人结为夫妻。王红旭一直默默地支持陈璐希。她要参加赛课，一遍遍在教室里试讲，王红旭一次次站在教室外面听。夏夜蚊虫叮咬，王红旭的腿脚满是红包，陈璐希看见，嗔怪道："怎么不来教室里坐呀？"他说："让你放轻松呀！"

　　同事朋友都说，王红旭厉害呀，当初那么快就追到了刚毕业的陈璐希。瞧，璐希那么漂亮、那么优秀，追求者一大把呢！

陈璐希的朋友圈，发的都是一家三口的日常幸福生活，以及过年过节时王红旭买给她的各种小礼物。这对夫妻，其实是彼此的幸运。后来，他们也有了自己的儿子团团。

从一年级到六年级，陈璐希带出了自己教学生涯里的第一届学生。"六年时间，让我从一个女孩变成了妈妈，不仅仅是团团的妈妈，更是孩子们的妈妈。"

2021 年 6 月 1 日，欢乐的儿童节，一天的喧嚣散去，时间来到傍晚 7 点左右，一条一分多钟的短视频突然传遍朋友圈——从江岸延伸到江面，十余个男女手拉着手站成一排，宛如一条长长的链条。后来，媒体在宣传中，将这个链条称之为"救命人链"。"人链"伸入江水的那端，正在接应一场紧张的救援。一个小黑点隐约可见上下浮动，是落水者；另一个小黑点使劲靠近他、抓住他，那是第一位施救者。生命的接力旋即开始，落水者经过第一位施救者的全力托举，被传给另外两位施救者。经过一番艰难搏击，落水者终被传送至"人链"，进而获救。此时，第一位施救者浮出水面的头部，已从时隐时现到渐渐消失。

这是一场生死救援的实况，视频应当来自一位现场目击者。视频的画面不甚清晰，甚至因为现场的场面很震撼，拍摄者的手轻轻颤动，画面微微有些晃动。事发现场，人们急切的呼喊和真诚的祈祷，成为这段视频的画外音。

事情很快还原。2021 年 6 月 1 日下午约 5 点 40 分，重庆市大渡口区万发码头长江段突发意外。落水的是一对小兄妹，女孩五岁，男孩六岁。险情发生时，是那位最终消失于江水之中生死未卜的汉子第一个跳下水救人。他与同伴先救起小女孩，来不及喘息，又再次跳进去，游向小男孩，与冰冷无情的凶险的江水搏击……这个汉子就是王红旭。

在这个网络传播极其发达的时代，大家就这样认识了王红旭。这个瞬间发生的英雄故事，在点击率因为"老师"这个关键词不断飙升的同时，所有与之关联的细节、场景，亦慢慢还原，渐渐塑成一尊"时代楷模"的雕塑。

"一个时代，只有英雄横空，才能奏响划时代的共鸣。英雄事迹为人所敬仰，英雄精神为人所效仿。王红旭老师以无疆大爱生动地诠释了爱满天下的真谛，让 2021'六一壮举'里的每一个生命都无限精彩。他是家人的骄傲、育才的骄傲、新时代人民教师的骄傲，他永远在我们心中！"这是校长毛世伟的精彩总结。

2021 年 6 月 4 日清晨，人们送别英雄教师王红旭，陈璐希送别自己亲爱的丈夫。她为爱人的突然离去而悲恸，更为幼小的团团从此再也没有父亲的陪伴而心痛。

"陈老师，别难过了，我们都在你身边。"那天，陈璐希带过的学生都来了。

"陈老师，往前看，要坚强，人总是越走越远。您一定要带着团团认识更多的朋友。您看看我，原先我总是对着妈妈哭，对着爸爸哭，现在我长大了，再也不哭了。"小强专程从武汉赶回来，陪着亲爱的陈老师。

是的，小强是个不幸的孩子。妈妈顾不上他，爸爸为了生计长年不在身边。小强曾亲眼看到妈妈昏倒在地，不省人事。是班主任陈璐希带来的温暖，帮助这个孩子抵御着生命里的严寒。直到妈妈去世后的第三年，爸爸才回去把小强带到他自己工作生活的湖北。陈璐希记得，小强见到爸爸，一下子就哭出了声。

现在，长大了的小强，已经变成了一个坚强的男子汉，在真诚地宽慰着自己的恩师。

（根据受访者要求，部分人物为化名。）

创作谈 |

师 范 生

　　在创作的过程中，我曾把先期写出来的一些片段公开给读者——杨大萍、杨小萍及她们的同学，这样一群师范生。原想着这些年写师范生的文学作品不少，这样有感而发的短小片段在挑剔的读者眼前，也就是一晃而过。不承想，这样的纪实作品却引来诸多关注，最明显的反应，是微信群及朋友圈的评论，以及通过各种渠道发给我的私信。

　　"我也是师范生，1985年读的中师，在村小教书将近十五年，此后换工作进城，一路风风雨雨……"一位未曾谋面的微信群里的朋友私信我。那段留言有三百多字，简单介绍了一个早年中师生的个人奋斗史，念书，执教村小，进城务工，离婚，创业，也三言两语讲到自己在村小教过的学生，"如今是个厅级领导"。

　　有人在朋友圈讲到了自己与中师同学当年的情谊："他的腿摔折了，寝室里几个人自行分工，轮换着背他去教室，帮他打饭，替他轮值打扫卫生。后来我当老师，也总是拿这件事教育班里的孩子要团结友爱。"

有人在某公众号留言:"当年我是初三年级的班主任,是个民办教师。学生中考,第一批次就是中师,第二批次中专,第三批次高中。农村孩子上学就是为走出大山。中师、中专当时国家包分配,故最优秀的学生都被中师、中专录取了。就连我这个已在教育学院取得大专学历的民办教师,为了转为公办教师,也报考了中师……全县那么多民办教师,竞争相当激烈。我那年全县才录取了四名民办教师。随着以后的中师、中专国家不再包分配,高中也就变成第一批次录取……"

有人私信我:"师范大学生很值得关注。高考填报志愿,师范院校的报考率从20世纪90年代末到现在,就是一条高低起伏的曲线。曲线的走向,是市场经济繁荣程度、社会发展多元化、人们价值取向变化以及中国教育转型的综合反映。"

"做了高中班主任的师范大学生有话要讲。把学生从高一带到高三,就是钢铁是怎样炼成的过程。师范专业课里,永远不会提到那样复杂的众多的可能性……"这是一个公众号跟帖留言。

在一场新书分享会上,一位文友郑重其事地告诉我,如果我这部长篇报告文学正在写,那么他一定支持,他会主动接受采访,告诉我一些不为人知的故事。也是在那场分享会上,一位师范大学文学院的教授直接对我发起邀请,请我采访他们师范专业的学生。

出乎意料的热烈反馈,让我既惭愧又焦急。

惭愧的是,原本看似丰满的部分文本,在众多留言面前,竟然显得有些单薄和苍白。是啊,关于师范生,竟然还有那么多的话题和故事,我都没有写到或者说没有注意到。后来,我在《文艺报》上读到复旦大学中文系在读博士谢诗豪的一篇文学评论,里面有这样一段话:"在关于非虚构的文章的留言中常常有读者分享相似或相关经历……这些留言可以被视作对正文的补充。换个视角,也可以说一篇非虚构推文是一个文本群。留言提供了更丰富的阅读和理解空间,读者也可以尝试参与到文本群的构建中去。如此,正文故事更像一个触发器,它唤醒了大家与此相关的记忆。"我很赞同这个观点,打算在后续的写作中,集合这些有意无意搭建起来的"文本群"。

素材不缺,大家纷纷表示愿意接受采访,甚至提供了时间更久远的线索。我也发现,写作越往后越有难度,关于师范生的方方面面可谓千头万绪。我联系了留言者,又设法四处寻找新的受访者,重庆、四川、贵州、江苏、安徽、北京、上海……紧锣密鼓的访谈,以及当事人带着感情的回忆和讲述,最终让我的整体写作脉络变得清晰起来。这是一棵大树,这棵大树是我们的国家,教育是这棵大树深扎的根系,向阳而生的枝叶一面接收根系输送的养分,一面也用经过复杂转化的营养滋养大树。或许,师范生就是大树上那些茂密的枝叶。

从 2023 年到 2024 年,我一直在记录,记录这些枝叶在时代里摇曳生姿的形态。

李燕燕

1979 年 10 月生。

中国作家协会会员、重庆市作家协会副主席、中国报告文学学会理事。

获第五届茅盾新人奖，第六届中国传记文学学会优秀作品奖，第八届、第九届重庆文学奖，重庆市第十六届"五个一工程"奖，《北京文学》奖，《山西文学》奖等。

作品入选"中国报告文学年度优秀作品推荐""中国当代文学最新作品排行榜"等榜单。

代表作品：《无声之辩》《我的声音　唤你回头——与〈民法典〉关联的女性权益故事》《食味人间成百年》《创作之伞——中国文字著作权保护纪事》……